Aileen O'Grian
Rowan – Flucht ins Sumpfland
Fantasyroman

Aileen O'Grian

Was wäre wenn? - Fantasy als Spiel mit den
Möglichkeiten

Seit Jahren schreibe ich aus Spaß am Phantasieren
Märchen, Fantasy und Science-Fiction und habe diverse
Kurzgeschichten in Anthologien und
Literaturzeitschriften veröffentlicht.

Den Magier Rowan mag ich so gern, dass ich mir
vorgenommen habe, eine Romanreihe zu schreiben.

Leseproben von mir gibt es auf meinem Blog:
aileenogrian.overblog.com

Rowan – Flucht ins Sumpfland

Fantasyroman von Aileen O'Grian

Bibliografische Information der Deutschen Nationalbibliothek:
Die Deutsche Nationalbibliothek verzeichnet diese Publikation in der
Deutschen Nationalbibliografie; detaillierte bibliografische Daten sind
im Internet über http://dnb.dnb.de abrufbar.

Impressum
Copyright © 2019 O'Grian, Aileen
Herstellung und Verlag: BoD – Books on Demand, Norderstedt
ISBN: 9783750420267

Lektorat: Birgit Maria Hoepfner www.textewerkstatt.de
Bilder: © Mitch Boeck / Shutterstock.com
        © Valentyna Chukhlyebova / Shutterstock.com
Covergestaltung: TomJay - bookcover4everyone / www.tomjay.de

Rowan – Flucht ins Sumpfland

1.

„Guten Morgen, Schlafmütze", begrüßte Rowan seinen Freund, den Thronfolger Ottgar, der aus dem aus zwei regenfesten Umhängen notdürftig errichteten Zelt hervorschaute. Über Nacht war es abgekühlt und es nieselte leicht. Fröstelnd legte Rowan ein paar Äste auf das Feuer, strich sich seine nassen Haare aus dem Gesicht und röstete einige Zandrofrüchte in der qualmenden Glut. Die Früchte, die erst spät im Jahr reiften, waren so hart, dass sie roh nicht essbar waren.

„Wo sind die denn her?", fragte Ottgar überrascht.

„Oh, ich war schon fleißig und habe sie gesammelt, nachdem die Vögel mich geweckt hatten." Rowan grinste seinen Kameraden an.

„Dass denen bei dem Wetter nicht die Lust auf das Singen vergeht", murrte Ottgar. Er nahm seinen Umhang vom Ast, schüttelte ihn aus und schlüpfte hinein. Dann reichte er Rowan den anderen Überwurf. Doch der legte ihn achtlos zur Seite, da er sowieso schon nass war.

„Früher warst du nicht so zimperlich. Du bist am Hofe von Prinz Hrodwal ganz schön verzärtelt worden", stichelte Rowan.

Ottgar nickte. „Dabei habe ich fleißig kämpfen gelernt. Aber die Prinzen und Fürsten hielten sich bei schlechtem Wetter lieber im Rittersaal als im Freien auf." Er schüttelte sich. „Ich hätte nie gedacht, dass Hrodwal einen Aufstand plant und seinen Bruder Kustin ermorden will." Er schwieg eine Weile bedrückt. „Dabei ist Hrodwal meiner Meinung nach noch immer der fähigere Herrscher."

Rowan zuckte die Schultern. „Es ist nicht unsere Aufgabe, uns in die Regierungskrisen des Ostlands einzumischen."

„Aber sie sind unsere Verbündete, da kann es uns nicht gleichgültig sein, wer regiert. Außerdem ist er mein Onkel."

„Beide sind deine Onkel", gab Rowan zu bedenken, dann fuhr er fort: „Darum soll sich lieber dein Vater kümmern. Wir können die Folgen doch gar nicht überblicken. Und Kustin ist immerhin der rechtmäßige König." Rowan legte weitere Zweige auf das Feuer.

Rauch stieg auf. Ottgar hustete, mit einer Hand wedelte er den Qualm fort.

„Aber er hat keine Visionen, er lässt das Land wirtschaftlich verkommen."

„Wirklich? Das Ostland leidet immer noch unter den grausamen Regierungen seines Vaters und Bruders. Magier und Hexen wurden umgebracht, selbst die Priester wurden verfolgt. Den Kaufleuten ging es auch nicht gut. Sie standen schnell unter Verdacht, mit ausländischen Regierungen zu paktieren, wenn sie Verbindungen zum Ausland hatten. Wer sollte unter diesen Bedingungen Neuerungen anregen und durchführen?"

„Nicht in jedem Land sind die Priester und Magier so gebildet und stark wie im Magierreich", warf Ottgar ein.

Rowan nickte. „Und es hat unserem Land noch nie geschadet, dass die Könige sich von ihren Magiern beraten lassen und die Priester um Beistand bitten."

„Aber Prinz Hrodwal hat gute Berater, die schlagen ihm neue Handelsbeziehungen vor und fördern den Bergbau."

„Klar, dafür verbündet er sich mit den Zwergen und Trollen und lässt die Ritter abschlachten."

„Nein!"

„Doch, der Angriff auf Herzog Vlotan war von ihm geplant worden und uns will er noch immer töten." Rowan holte die warmen Zandrofrüchte aus dem Feuer, reichte Ottgar einige und schälte seine Früchte geschickt, um sie anschließend voller Genuss zu verzehren. „Dass sein Volk stirbt, weil es keine Heiler mehr gibt, ist ihm egal", setzte er das Gespräch fort.

„Aber wenn die Heiler ihm nach dem Leben trachten …"

Rowan sah Ottgar nur mitleidig an. Wie verblendet war sein Freund! Es hatte keinen Sinn, ihn überzeugen zu wollen. Schließlich hatten Hrodwal und sein Neffe, der Königssohn Ranin, Ottgar gefangen genommen. Wer weiß, ob er noch leben würde, wenn Rowan ihn nicht aus dem Kerker befreit und ihrer beider Flucht ermöglicht hätte. Vorsichtshalber mussten sie so schnell es ging aus dem Grenzland zwischen Ostland und dem Magierreich flüchten, denn Rowan traute Prinz Hrodwal und seinen Getreuen zu, die Grenzen des Nachbarlands zu verletzen, um unliebsame Zeugen loszuwerden.

Seine wichtigste Aufgabe war, sich um Prinz Ottgar zu kümmern und ihn in Sicherheit zu bringen. Das hatten sein Großvater, der Großmagier Bunduar, und seine Mutter, die Seherin Salawin, ihm immer wieder eingeprägt. Der Fortbestand des Magierreichs hing davon ab, dass der Thronfolger geschützt wurde und genug lernte, um später ein weitsichtiger Herrscher zu werden. Ottgars Schutz war umso wichtiger, da er das einzige Kind König Wilhars war.

Dass sie nun ausgerechnet bei ihren Verwandten im Ostland miterleben mussten, wie man Aufstände anzettelte, war sicher nicht vorgesehen gewesen. Rowan hatte gehofft, im Ostland ihre alte Kinderfreundschaft wieder aufleben zu lassen, denn Ottgar und er hatten sich einige Jahre, bedingt durch ihre unterschiedlichen Ausbildungen, aus den Augen verloren. Doch Ottgar hatte als Knappe am Hofe von König Kustin gelebt, wohingegen Rowan bei Magier Wudon die Heilkunst lernte. Während die Ritter des Ostlands sehr gute Lanzen- und Axtkämpfer waren, hatte das Wissen der Magier durch die jahrzehntelangen Verfolgungen gelitten und manches Mal hatte Rowan den Eindruck gehabt, dass Magier Wudon mehr von ihm lernte als umgekehrt. Erst in den Wochen vor ihrer Flucht, die er verletzt bei der Hexe Sidawa verbrachte, hatte er wirklich etwas Neues gelernt.

Rowan wollte nichts riskieren, deshalb verwischten sie ihre Spuren, so gut es ging. Er löschte das Feuer und streute Erde darüber, während Ottgar Laub und Moos, mit dem sie ihre Schlafstatt gepolstert hatten, in den kleinen Bach warf.

Dann schlichen sie weiter durch die Wälder des Grenzlands. Im dichten Unterholz führten sie ihre Pferde, wurde der Wald lichter, saßen sie auf und ritten. Sie vermieden Siedlungen und ernährten sich von Früchten, die sie sammelten, und Tieren, die sie jagten.

„Seit wann isst du Fleisch?", fragte Ottgar überrascht, als Rowan sich etwas von dem Hasen nahm, den Ottgar erlegt hatte.

„Mir bleibt nichts anderes übrig, wenn ich nicht verhungern will. Es gibt momentan zu wenig Früchte. Außerdem würde das Sammeln zu viel Zeit kosten und uns zu lange aufhalten."

Rowan fühlte seit einer Weile eine Bedrohung, doch die Ursache war ihm nicht klar, so sehr er auch in sich ging. Bedrückte ihn die Gefahr für seine Familie und Freunde im Magierreich? Oder ging es vielleicht um diejenigen, die er schutzlos im Ostland hatte zurücklassen müssen? Konnte er ihnen irgendwie helfen? Deshalb musste er unbedingt die Naturgeister befragen, doch dafür brauchte er einen Augenblick der Ruhe, um sich zu zentrieren. Wie er wusste, war das Magierreich in größter Gefahr und seine Aufgabe, den Thronfolger in Sicherheit zu bringen, war wichtiger als je zuvor. Was gar nicht so einfach war. Denn im Ostreich war während ihres Aufenthaltes ein Bürgerkrieg ausgebrochen. Prinz Hrodwal kämpfte gegen seinen Bruder, König Kustin. Die Magier und Hexen, die unter Kustin in Frieden lebten, waren nun auch wieder in Gefahr. Rowan sorgte sich um seinen Meister Wudon, die hilfsbereite Hexe Sidawa und ihre Schülerin Haiwa. Am liebsten hätte er sie ebenfalls gerettet, doch erst einmal musste er Ottgar irgendwo verstecken. Dabei sollten sie jedoch ihre Heimat, das Magierreich, meiden. Im Süden besaßen sie keinerlei Verbündete, denn Wüste und Gebirge machten die Grenze dorthin unüberwindlich.

Die alte Hexe Sidawa kannte die Gefahr. Sie war eine hervorragende Hellseherin. Rowan hoffte, dass sie sich und ihre Schülerin rechtzeitig in Sicherheit brachte. Dennoch sorgte er sich um sie.

Rowan versuchte, ihr in Gedanken eine Botschaft zu senden. Doch seine Fähigkeiten reichten dazu anscheinend nicht aus. Oder wollte Sidawa ihn nicht wissen lassen, wie es ihnen ging? Dann war die Gefahr sicher größer, als Rowan bisher vermutet hatte.

Als Ottgar in der Nacht schlief, schlich Rowan zu einem alten Baumriesen, entzündete ein Elfenfeuer, um seinen Freund, den Elf Sirii, zu rufen. Es war sein vorletztes. Leider wusste er nicht, wie er zu neuem Elfenfeuer kommen konnte, denn Bunduar hatte ihm nicht verraten, wie er es herstellte. Er atmete tief ein und aus und versenkte sich schließlich in seine innere Mitte. Der Rauch des Kegels stieg hoch. Erst als das Harz längst verglüht war, erschien sein Elfenfreund.

„Sirii, danke, dass du kommst. Kannst du bitte Sidawa und Haiwa retten? Sie sind in großer Gefahr, aber ich muss mich zuerst um Ottgar kümmern."

Sirii schüttelte bekümmert den Kopf. „Nein, ich muss bei dir bleiben. Mit euch beiden Unvorsichtigen habe ich genug zu tun."

Rowan grinste. „Ich kann schon auf uns aufpassen."

„So, so, und wer hat unbedacht Feuer gemacht?"

„Es war nur ein kleines Feuer zwischen hohen Bäumen, der Rauch war nicht zu sehen und im Wald auch nicht weit zu riechen. Ich hatte einen größeren Umkreis abgeschritten, war sogar auf einen Baum geklettert. In unserer Nähe befanden sich keine Menschen."

„Aber ein paar Stunden später kamen die Landsknechte von Prinz Hrodwal und haben euer verlassenes Lager gefunden. Ich habe sie von eurer Spur abgelenkt. Jetzt reiten sie westlich ins Felsental."

„Oh, danke. Ich dachte, wir hätten alle Überreste beseitigt. Ob sie wohl rechtzeitig umkehren?" Das Felsental war berüchtigt. Es endete in einem Schotterfeld, das Menschen nicht ohne Weiteres überwinden konnten. Sie lösten mit ihren Schritten eine Mure aus, in der sie Gefahr liefen umzukommen.

„Wie steht es um Bunduar und König Wilhar? Ich spüre große Gefahr und würde viel lieber zu ihnen reiten, um sie zu unterstützen. Ottgar würde sicher auch gern seinem Vater helfen."

„Die Elfenkönigin hat mir befohlen, euch mit aller Macht vom Magierreich fernzuhalten. Ihr müsst auf jeden Fall in Sicherheit gebracht werden, egal was aus eurer Familie wird."

Rowan schluckte, nur mit Mühe beherrschte er sich. „Als Bunduar mich in Llyllia verließ, klang es nach einem endgültigen Abschied. Ich habe gespürt, dass ich ihn nie wiedersehen werde."

„Es wird einige Abschiede geben", murmelte Sirii undeutlich.

„Ich habe nur noch ein Elfenfeuer. Weißt du, wie ich sie herstellen kann?", fragte Rowan gedankenverloren.

Sirii lachte. „Gehe in dich, du weißt die Formel, du musst nur ganz bewusst danach suchen, dann wirst du sie auch in dir finden."

Mit diesen wahrsagerischen Worten verschwand er.

In den nächsten Tagen ernährten sie sich von Beeren und Früchten, sammelten Pilze und Nüsse. Rowan erlaubte Ottgar nicht mehr, Feuer zu entzünden. Er spürte deutlich eine fremde, bedrohliche Macht, egal, wohin sie kamen. Er bot sein ganzes Können auf, um seine und Ottgars Anwesenheit zu verbergen.

2.

Schon bald schienen die Wege unheilvoll. Egal, welche Richtung Rowan einschlug, überall spürte er diese gefährliche Gegenwart fremder Mächte. Auch Scharus, sein alter treuer Wallach, der übernatürliche Fähigkeiten hatte, weigerte sich immer wieder, weiterzulaufen.

„Wie lange willst du noch im Kreis reiten?", murrte Ottgar schließlich verärgert.

„Ich weiß es nicht. Ich finde keinen sicheren Weg hinaus. Überall droht Gefahr."

„Dann sei doch nicht so ängstlich, das Leben ist immer gefährlich. Vor allem, wenn man Ritter ist und erst recht als angehender König." Verächtlich fügte er hinzu: „Magier denken natürlich zuerst an die Sicherheit. Die kämpfen auch nicht in vorderster Reihe."

Rowan schluckte, holte mehrmals tief Luft, um eine scharfe Erwiderung zurückzuhalten. „Könige sollten auch nicht an vorderster Front kämpfen", sagte er nach einer Weile leise. „Sie sollten das ganze Schlachtfeld überblicken und kluge Anweisungen geben. Kopfloses Heldentum hat noch niemanden geholfen."

Anschließend ritten sie schweigend weiter, bis sie in der Dunkelheit einen Felsüberhang fanden, unter dem sie geschützt übernachten konnten.

Am nächsten Morgen machte sich Rowan auf, um Nahrung für sie zu suchen. Es wuchsen viele Brombeeren und Nüsse hier und er sammelte eine ganze Weile, um auch für die nächsten Tage Vorräte zu haben. Er ärgerte sich, dass Ottgar ihm dabei nicht half. Noch größer war sein Entsetzen und Ärger, als er zum Lager zurückkehrte und Ottgar nicht mehr vorfand. Sein Pferd und seine Decke waren weg. Er hatte Rowan einfach im Stich gelassen.

Rowan fluchte laut. Warum hatte Bunduar ihm bloß mit dieser undankbaren Aufgabe betraut, Kindermädchen für den Thronfolger zu spielen? Was war aus ihrer engen, vertrauensvollen Kinderfreundschaft geworden?

Niedergeschlagen sattelte Rowan sein Pferd und suchte nach Spuren, um Ottgar zu folgen.

Er hatte Glück. Ohne um Hilfe gebeten zu haben, tauchte eine kleine Blumenfee auf einer Lichtung vor ihm auf.

„Du suchst diesen leichtsinnigen Jungen? Er ist nach Norden geritten." Sie zeigte mit der Hand zwischen hohen Laubbäumen hindurch. „Beeile dich, ihn einzuholen. Die Echsenkrieger lagern vor dem Moor."

„Sind wir im Moor vor ihnen sicher?", fragte Rowan.

„Ich befürchte nicht. Rettet euch in den Schnee. Kälte können sie nicht ab."

Rowan sah sie irritiert an. So hoch waren die Berge im Magierreich nicht, als dass sie schneebedeckt waren. Trotzdem behielt er ihren Rat im Hinterkopf, als er sein Pferd antrieb, um Ottgar einzuholen.

Leider hatte Ottgar sein gesamtes Wissen, Spuren zu verwischen, eingesetzt, um Rowan die Verfolgung zu erschweren. Rowan fluchte leise, dafür langanhaltend. Warum hatte er Ottgar so viel beigebracht? Natürlich hätte er als Ritter und Jäger einiges über Spurenlesen und wie man sich heimlich bewegte auch von anderen Lehrern gelernt. Doch Rowan verstand erheblich mehr von der Natur, von den Geistern und Tieren und hatte Ottgar manches Geheimnis verraten. So musste Rowan immer wieder kostbare Zeit verschwenden, um die Spur seines Kameraden zu finden. An einem Bach kurz vor dem Moor verlor er sie. Sicher war Ottgar längs des Baches weitergeritten. Doch in welche Richtung – aufwärts oder abwärts? Bergab ging es Richtung Wanroe, wo König Wilhar residierte, also folgte Rowan dem Bachlauf. Doch als er nach einem halben Tag Ottgars Spur noch immer nicht gefunden hatte, wendete er und ritt bachaufwärts, Richtung Ostland. Das bereitete ihm Bauchschmerzen. Jetzt musste er nicht nur mit den Echsen rechnen, sondern auch noch mit Prinz Hrodwals Kriegern.

Am liebsten hätte er Sirii um Hilfe gerufen, doch das letzte Elfenfeuer musste er für einen wirklichen Notfall aufheben.

Endlich erkannte er die Stelle, an der Ottgar den steinigen Bachlauf verlassen hatte. Geschickt hatte er ein Felsplateau benutzt. Doch am Ende der Felsen hatte sein Pferd ein paar Zweige abgerissen. Jetzt konnte Rowan ihm schneller folgen. Obwohl es inzwischen dämmerte, ritt er weiter, da die Spur geradeaus wieder Richtung Wanroe wies. Mit dem Umweg hatte er also Rowan nur abschütteln wollen.

Kannte Ottgar sich hier nicht aus? Er würde bald auf das große Ostmoor stoßen.

Leider konnte Rowan die Nacht nicht durchreiten. Scharus war völlig erschöpft. Er rastete im Unterholz, band seinen Kameraden an Büschen fest und legte sich hin. Er würde eine leicht lesbare Spur hinterlassen, aber das spielte jetzt keine Rolle mehr. Ottgar einzuholen, war viel wichtiger.

Sobald es am Morgen dämmerte, sattelte er und nahm die Verfolgung wieder auf. Nach mehreren Stunden hielt er an einem Bach inne, aß die Brombeeren und ein paar Nüsse, ließ das Pferd weiden und saß erst wieder auf, nachdem sie sich erholt hatten.

Gegen Abend wurde der Untergrund weicher, er näherte sich dem Moor. Bald wuchsen Moorpflanzen und Ottgars Spur wurde immer deutlicher.

Scharus' Ohren bewegten sich unruhig. Rowan stockte, als er plötzlich Kampfgeräusche hörte.

Doch statt sein Pferd anzutreiben, lauschte er erst einmal. Er konnte mehrere Reittiere stampfen hören. Vorsichtig näherte er sich dem Kampfplatz.

Er sah Ottgar, der sich zu Fuß verzweifelt gegen vier Echsenwesen wehrte. Sie waren bestimmt einen Kopf größer und viel kräftiger als stattliche Ritter, liefen aufrecht und waren am ganzen Körper von ihren Schuppen geschützt.

Rowan überlegte kurz. Selbst wenn er sich einmischte, würden sie die Echsen nicht überwältigen können. Schade, dass ihre Elfenhaarmäntel in Wanroe geblieben waren. Jetzt könnten sie sie gebrauchen, um sich unsichtbar zu machen.

Er benötigte unbedingt Hilfe, daher saß er ab, setzte sich auf den Boden und versenkte sich in sein Inneres. Er brauchte länger, als ihm lieb war, um zur Ruhe zu kommen.

„Ehrwürdiger Moorgeist, hilf deinen Freunden", rief er endlich, als er so weit war.

Tatsächlich erschien ein grauhaariges Männergesicht zwischen den Binsen. „Warum soll ich dir helfen, du Jungspund?"

„Weil du meinem Großvater, dem Obermagier Bunduar, Treue geschworen hast", flüsterte er eindringlich.

Der Moorgeist verschwand, ohne zu antworten.

Rowan wurde schwer ums Herz. Nicht einmal die Naturgeister hielten zu ihm. Wie sollte er da Ottgar retten?

Er nahm seinen Bogen und legte einen Pfeil ein, dann näherte er sich den Kämpfern, spannte den Bogen und zielte auf den vom Ottgar entferntesten Feind. Er nahm sich Zeit, genau auf eine Spalte im Panzer zu zielen, bevor er losließ. Mit einem Aufschrei sackte der Mann zusammen, griff noch nach seinen Hals, dann blieb er regungslos liegen.

Rowan legte den zweiten Pfeil ein. Einer der Männer hatte sich von Ottgar abgewandt, als er seinen Kameraden schreien hörte, und Rowan entdeckt. Jetzt eilte er auf den jungen Magier zu. Bevor Rowan eine verwundbare Stelle mit dem Pfeil fixieren konnte, versank der Gegner im Moor.

„Danke, Moorgeist!", murmelte Rowan und legte auf den dritten Mann an. Auch ihn traf er. Doch nicht so gut, dass er zusammenbrach. Der Kämpfer zog den Pfeil heraus, warf ihn weg und drang weiter auf Ottgar ein. Eilig lief Rowan durch das Moor zu seinem Freund. Er achtete sorgsam auf den Untergrund und betrat nur Stellen, die er als tragfähig erkannte. Während er sprang, zog er sein Messer aus der Scheide. Entsetzt bemerkte er, dass zwei weitere Echsenkrieger aus dem Wald kamen und ihren Kameraden zu Hilfe eilten.

Er duckte sich unter einem Schwertschlag, erreichte endlich Ottgar und sie stellten sich Rücken an Rücken auf, um sich gegenseitig zu decken. Mit einem kräftigen Hieb in eine seitliche Panzerfuge erschlug Ottgar einen Gegner, einem anderen konnte Rowan das Messer in den Brustpanzer rammen. Doch ihm gelang es nicht, es wieder herauszuziehen.

Und die beiden hinzueilenden Echsen hatten sie fast erreicht.

„Ins Moor", rief Rowan und sprang auf den nächsten Binsenbüschel zu. Und dann weiter. Ottgar folgte ihm blind vertrauend. Als sie sich mitten im Moor befanden, stellten sie fest, dass die beiden Echsen ihnen nicht mehr folgten.

„Und jetzt?", fragte Ottgar.

„Keine Ahnung, aber wir leben noch."

So zuversichtlich, wie Rowan sich gab, war er nicht. Er spürte, wie der Moorboden unter ihm nachgab. Lange würden sie sich hier nicht aufhalten können. Und wie sollten sie zu ihren Pferden kommen, wenn die beiden Echsen vor dem Moor Wache hielten, vielleicht sogar Verstärkung bekamen?

Erst einmal dankte er dem Moorgeist und zog aus seinem Beutel ein paar Heilkräuter, die er ihm opferte, indem er sie über das Moor streute. Anschließend bat er um Unterstützung. „Trage uns über dein Reich und rette uns", bat er laut, bevor er ein altes Dankeslied an hilfreiche Naturgeister anstimmte. Die ersten drei Strophen kannte Ottgar und fiel mit ein, die weiteren sang Rowan mit seiner schönen Stimme allein. Er sang laut, über das flache Moor wurden die Worte weit getragen. Während er das Lied vortrug, beobachtete er die Echsen. Anscheinend störte sie der Gesang, denn sie liefen unruhig hin und her, hielten sich die Ohren zu und zogen sich sogar etwas zurück.

Angefeuert von seinem Erfolg, stimmte Rowan gleich danach ein weiteres Lied an. Diesmal ein Bittgesang an alle Wassergeister, zu denen im Entferntesten auch der Moorgeist gehörte.

„Gleich werden wir nass", murrte Ottgar leise und wies auf die dunklen Wolken, die langsam von Westen heraufzogen.

Rowan nickte und sang weiter. Er wiederholte das Lied sogar mit sämtlichen Strophen.

„Mein Umhang befindet sich bei meinem Pferd", schimpfte Ottgar. „Hör endlich auf. Ich will hier nicht ersaufen."

Rowan schüttelte den Kopf und fuhr unbeirrt fort. Die Echsen bewegten sich immer weniger. Schließlich sammelten sie sehr schwerfällig Holz und entzündeten ein Feuer.

„Die wärmen sich am Feuer, haben als Schutz ein dichtes Laubdach über sich, während wir hier frieren und bald auch noch durchnässt sind."

Rowan lachte. „Merkst du nicht, wie groß die Probleme dieser Wesen sind? Sie vertragen keine Kälte und sie mögen keine Musik."

Er stimmte ein weiteres Lied an. Diesmal ein Winterlied, bei dem um Schnee gebeten wurde. Das Lied wurde selten gesungen, aber einige Teile des Magierreichs waren im Winter schwer zugänglich. Erst wenn es schneite, wurden die durchweichten Pfade wieder gangbar und Schlitten konnten Waren befördern.

Inzwischen grollte der Himmel. Wind kam auf, wirbelte Blätter bis zu ihnen ins Moor. Dann prasselte Regen herab. Blitze zuckten von Wolke zu Wolke. Ottgar zog sich sein Oberkleid über den Kopf, während Rowan die Kapuze seines Gewands überzog.

Sie fröstelten. Rowan rieb sich die Arme, um sich zu wärmen. Ottgar stampfte von einem Bein aufs andere und schlug die Arme um seinen Leib. Dabei sank er immer stärker in den schwankenden Boden ein.

Rowan sang weiter, Schnee- und Eislieder, die er vor Jahren von einer Wetterhexe gelernt hatte.

Es wurde noch kälter und begann zu hageln. Der Wind wurde stärker. Große Hagelkörner peitschten schmerzhaft auf sie herab.

„Ich bleibe nicht hier und lass mich vom Hagel erschlagen", schrie Ottgar gegen den Wind an.

Rowan nickte. „Sei vorsichtig", brüllte er und suchte eine trittfeste Stelle. Der Moorgeist war mit ihm und so erkannte er schnell einen sicheren Weg, der ihn zurück zum Kampfplatz führte.

Wie Rowan gehofft hatte, hockten die beiden Echsen erstarrt unter dem Baum. Rowan bückte sich zu dem toten Gegner, den er erstochen hatte, zog sein

Messer aus dem Körper heraus und reinigte es mit ein paar Blättern. Dann eilte er zu Scharus, zog sich seinen Umhang über und saß auf. Doch Ottgar war ihm nicht gefolgt, deshalb ritt Rowan zu ihm. Er bekam Magenschmerzen, als er entdeckte, dass Ottgar die wehrlosen Gegner mit dem Schwert enthauptet hatte. Aber er sagte nichts, weil ihm klar war, dass die beiden ihnen weiterhin nach dem Leben getrachtet hätten. Außerdem hätten sie sicher bald ihre Gefährten auf die Spur von Rowan und Ottgar gehetzt.

Rowan schaute sich nach Ottgars Pferd um, konnte es aber nicht entdecken.

„Wo ist dein Pferd?", fragte er Ottgar.

„Weg. Es stand vorhin hier." Ottgar wies auf die Stelle, wo er gegen die Echsenwesen gekämpft hatte.

„Da war es aber schon nicht mehr, als ich dich fand." Rowan pfiff auf seinen Fingern. Doch das Pferd kam nicht.

Daher nahm er einen Fuß aus dem Steigbügel und reichte Ottgar die Hand, damit er hinter ihm aufsitzen konnte.

„Wir müssen schnell von hier fort." Vorsichtig bewegten sie sich durch das moorige Gelände. Erst als sie festen Boden im Wald erreichten, trieb Rowan Scharus an und sie trabten unter den Bäumen her.

Nachdem sie einen größeren Abstand zu der Stelle des Überfalls zurückgelegt hatten, zügelte Rowan das Pferd, stieg ab und nahm aus seiner Satteltasche ein frisches Gewand, welches er Ottgar reichte. „Zieh erst einmal etwas Trockenes an." Ottgar nickte und nahm das Angebot dankbar an. Schnell zog er sein nasses Gewand aus und schlüpfte in Rowans trockenes. Auch Rowan wechselte seine Kleidung.

„Wie hast du mich gefunden?", fragte Ottgar.

„Durch Spurenlesen. Aber du hast es mir nicht leicht gemacht", knurrte Rowan. Noch immer spürte er heftige Wut. Dabei war sie einem guten Magier unwürdig. Bekümmert stellte Rowan fest, dass er weiterhin an sich arbeiten musste, um seine Gefühle besser zu beherrschen.

„Ich muss zu meinem Vater, er wird von diesen Echsenkriegern bedroht und braucht Hilfe", verteidigte sich Ottgar.

„Bunduar hat mir befohlen, auf dich aufzupassen und dich vom Magierreich fernzuhalten, egal was passiert", gab Rowan trocken zur Antwort.

„Ich kann doch nicht so ehrlos sein und meine Familie und mein Volk im Stich lassen", erklärte Ottgar aufgebracht. Ungeduldig versuchte er, Scharus anzutreiben.

„Vielleicht lässt du sie mit deinem Eigensinn eher im Stich?", überlegte Rowan. „Wenn wir nach Wanroe reiten, müssen dein Vater, Bunduar und der königliche Waffenmeister Peruan auf uns aufpassen und können ihre Kräfte nicht mehr ausschließlich auf den Kampf gegen die Feinde ausrichten."

„Blödsinn, wir sind erwachsen. Ich bin schon fast Ritter", fuhr Ottgar auf.

Rowan lachte leise. „Wenn Prinz Hrodwal keinen Aufstand angezettelt hätte, wärst du es inzwischen. König Kustin hat es bedauert, dich nicht mehr zum Ritter schlagen zu können."

„Siehst du! Warum soll dann jemand auf mich aufpassen?", meinte Ottgar ungehalten. Erneut trieb er Scharus an, der daraufhin ausschlug.

Rowan nahm es schweigend hin, obwohl ihm das Pferd leidtat. Aber er antwortete auf Ottgars Frage. „Weil du der Thronfolger bist. Dein Vater hat auch seine Getreuen, die ihn im Notfall unter Einsatz ihres Lebens schützen."

Er zügelte das Pferd und hob die rechte Hand, um Ottgar anzuzeigen, sich ruhig zu verhalten. Es roch nach Feuer. Vorsichtshalber stiegen sie ab und schlichen sich vorwärts. Schließlich banden sie den Wallach an und liefen auf Zehenspitzen voran. Inzwischen hörten sie Stimmen. Rowan zeigte Ottgar an, zu warten, während er weiterhuschte. Vorsichtig Deckung suchend schlüpfte er von Baum zu Baum. Zum Schluss legte er sich auf den Boden und robbte weiter. Hinter einem Felsen lagerten ein paar Echsenkrieger um ein Feuer. Unter einem großen Baum hatten sie zwei Zelte aufgebaut. Rowan zählte acht Gegner. Zu viele, um gegen sie zu kämpfen. Er schaute sich suchend um. Langsam dämmerte es. Das Gewitter hatte nachgelassen. Trotzdem bewegten sich die Echsen noch immer schwerfällig. Rowan schlich dichter heran. In der Nähe eines Weihers weideten ihre Reittiere. Sie waren erheblich größer und zottiger als die Pferde, die die Menschen ritten. Als sich zwei zu nahe kamen und sich bissen, konnte Rowan ihre Gebisse sehen, die eher dem eines Waldlöwen als eines Reittiers glichen.

Etwas abseits entdeckte er Ottgars Pferd. Es war noch immer aufgezäumt und gesattelt. Auch die Satteltasche lag auf seinem Rücken.

Rowan überlegte, ob er es schaffen würde, unbemerkt zu dem Pferd zu schleichen und einfach davonzureiten. Aber Ottgar wartete hinter dem Baum und bräuchte, um Scharus zu erreichen, etwas Zeit. Da hörte Rowan hinter seinem Rücken Zweige knacken.

Blitzschnell drehte er sich um und zog sein Messer. Doch es war nur Ottgar. Rowan schüttelte den Kopf und legte den Finger an die Lippen, dann robbte er vorsichtig dem Freund entgegen und zog ihn mit sich fort.

„Es sind mindestens acht Echsen. Vielleicht sind noch ein paar in den Zelten. Und ihre Reittiere sehen nicht gerade harmlos aus. Die haben Zähne wie Löwen." Er strich sich mit einer Hand über die Stirn. Meistens fand er auf diese Weise schnell eine Lösung, doch diesmal fiel ihm nichts ein. Zu groß war die Anspannung der letzten Wochen gewesen.

„Du übertreibst! Ich hole mir mein Pferd, ich habe es gesehen!", wehrte Ottgar ab.

„Ich würde mich nicht trauen, ihnen nahe zu kommen. Wie können wir die Krieger umgehen?" Suchend schaute er sich die Umgebung an.

„Wenn diese Echsen genauso gelähmt sind, wie die beiden am Moor, können wir sie erschlagen, bevor sie unsere Bauern umbringen", schlug Ottgar vor.

Rowan schüttelte den Kopf. „Die sind nicht gelähmt. Die haben sich ein Feuer gemacht und zwei Zelte aufgebaut."

„Dann überfallen wir sie in der Nacht."

„Die bewegen sich im Dunkeln besser als wir und sie können sich unsichtbar machen", erinnerte Rowan seinen Freund an die erste Begegnung mit diesen Feinden.

„Warum haben sie das heute nicht gemacht? Dann hätten sie uns auf jeden Fall getötet", erwiderte Ottgar.

„Vielleicht können es nur einige dieser Echsen. Oder sie haben Zauberer, die ihnen diese Fähigkeit für kurze Zeit verleihen." Rowan überlegte angespannt und antwortete nicht mehr auf die Fragen seines Kameraden.

„Wenn du nichts unternimmst, dann mache ich es eben allein", drang Ottgar schließlich zu ihm durch. Unwillig schüttelte Rowan seinen Kopf. „So, wie mit dem heimlichen Davonschleichen als ich Essen gesucht habe? Ohne deinen Eigensinn wäre wir jetzt nicht in dieser Notlage." Er hatte es langsam satt, auf einen unwilligen Kronprinzen aufzupassen, der sich so kindisch verhielt und immer nur seinen Kopf durchsetzen wollte. Prinz Hrodwal hatte anscheinend zu viele unwürdige Gedanken in ihm verankert. Was würde König Wilhar wohl davon halten?

„Wenn du nicht so ungeduldig wärst, könnte ich mir einen Plan überlegen", antwortete er nur.

„Wenn du noch lange nachdenkst, ist die Nacht um, und ich habe noch immer kein Pferd."

„Ich habe vorhin einen Xondo-Baum gerochen."

„Na und?"

Rowan lachte leise. „Wenn man das Harz ins Feuer wirft, zerbirst es lautstark mit einem Funkenregen."

„Wie unser Feuerwerk beim Jubiläum?", fragte Ottgar.

„Ja, da hat der Oberpriester Xondo-Harz verwendet."

Ohne eine Antwort abzuwarten, band Ottgar den Wallach los und forderte Rowan auf, aufzusteigen.

Rowan trieb Scharus an. Erst als sie in die Nähe kamen, wo er den Baum gerochen hatte, ließ er das Pferd Schritt gehen. Schließlich stiegen sie ab und

Rowan schaute sich suchend um. Der Geruch wurde immer stärker, sie mussten ganz in der Nähe des Baums sein.

„Es wird dauern, ich kann es nicht beschleunigen, sonst hätten wir die Geister gegen uns", erklärte er. „Du kannst in der Zwischenzeit nach Früchten suchen. Aber bleib bitte in der Nähe." Dann band er das Pferd an und lief weiter. Vor dem Xondo-Baum verharrte er. Leise stimmte er das Baumlied an. Dazu bewegte er sich tänzerisch um den dicken Baumstamm herum. Es folgte ein Erntelied. Anschließend hockte sich Rowan im Schneidersitz vor den Baum und versenkte sich in sein Inneres. Erst als er weit genug in Trance war, rief er den Baumgeist. Ein Greisengesicht erschien unterhalb der ersten Astgabel.

„Was willst du, Rowan", raunte der Alte.

„Dich um Verzeihung bitten. Wir benötigen dein Harz, um die Echsenkrieger zu überraschen."

„Es sind viele, ihr seid nur zu zweit. Lass sie in Ruhe."

„Aber sie haben Ottgars Pferd mit seinen Waffen und seiner Ausrüstung."

Der Greis schwieg eine Weile. „Bitte die Elfen um Hilfe."

Rowan nickte langsam. „Ja, ich werde es machen."

„Pass auf dich auf. Der junge Heißspund bringt dich in Gefahr."

„Ich weiß, aber ich habe seit unserem Aufenthalt im Ostland kaum noch Einfluss auf ihn."

„Ich werde meine Brüder bitten, auf dich aufzupassen."

Rowan dankte dem Geist. Noch bevor er mit Sprechen fertig war, verblasste das Gesicht.

„Bist du fertig?", holte ihn Ottgar in die Gegenwart zurück.

Rowan runzelte die Stirn und drehte sich um. „Hat dich keiner gelehrt, einen Magier in Ruhe seine Arbeit tun zu lassen?"

Ottgar errötete. Im Magierreich lernte jedes Kind, dass es schweigen und sich ruhig verhalten musste, wenn ein Magier tätig war.

Rowan stimmte ein weiteres Lied an, bevor er sein Schwert zückte und vorsichtig an zwei Stellen die Rinde ritzte. Er wartete eine Weile, bis genug Harz ausgetreten war. Der Baumgeist hielt sein Versprechen, das Harz quoll schneller hervor als gewöhnlich.

Aus den Augenwinkeln bemerkte Rowan eine Bewegung und wandte sich ihr zu. Ottgar hatte sein Messer gezückt und machte einen Schritt auf den Baum zu.

„Halt!", befahl Rowan mit strenger Stimme. Er klang so gebieterisch, dass Ottgar tatsächlich einen Moment innehielt, bevor er weiterging. Doch Rowan hatte ihn schon erreicht und entwand ihm das Messer.

„Der Baumgeist ist bereit, uns zu helfen. Verärgere ihn nicht. Sonst haben wir einen weiteren Gegner. Einen sehr mächtigen Gegner!"

Ottgar lachte. „Ein Baum, was kann der schon machen?"

Noch bevor Rowan antworten konnte, stürzte ein schwerer Ast neben ihnen zu Boden. Ottgar zuckte erschrocken zusammen. Ohne etwas zu sagen oder gar sich zu entschuldigen, drehte er sich um und wollte zum Pferd zurück, doch die jungen Bäume neben dem Pfad, neigten ihre Kronen und versperrten ihm den Weg.

„Du wirst nicht mehr durch den Wald gelangen, wenn du den alten Baumgeist nicht um Entschuldigung bittest", erklärte Rowan.

„Und wie soll ich das tun?"

„Komm her und sage es ihm, anschließend stimmst du das alte Baumlied an. Großvater hat es dich gelehrt. Aber es muss aus ehrlichem Herzen kommen, sonst hilft es nicht."

Zögernd trat Ottgar an Rowan heran, kniete sich nieder und bat mit leiser Stimme um Verzeihung. Rowan spürte, wie albern Ottgar sich dabei vorkam. Doch es wurde Zeit, ihn an das Wissen seiner Vorfahren zu erinnern. Die langen Aufenthalte in der Fremde hatten ihn vom Leben seines Volkes entfernt. Während Ottgar das Baumlied sang, kratzte Rowan mit dem Messer vorsichtig das ausgetretene Harz vom Stamm ab. Dabei summte er leise, um Ottgar nicht zu stören, ein weiteres Dankeslied. Er fühlte, dass der Baum ihm wohlgesinnt war. Er und seine Kameraden würden sie unterstützen und Rowan war dankbar dafür, denn sie benötigten jede Hilfe, um heil durch das Magierreich zu gelangen.

Er gab das Harz in eine Dose, die er in seiner Tasche hatte. Dabei fiel ihm das Rezept des Elfenfeuers ein. Er hatte es nicht gelernt, sonst hätte er sich sofort daran erinnert. Aber er hatte seinen Großvater zweimal heimlich dabei beobachtet. Elfenfarn, Feenhaare und Xondo-Harz zu gleichen Teilen.

Beim Pferd angelangt, entzündete Rowan sofort den letzten Elfenkegel, doch obwohl er sich von Ottgar entfernt auf einen alten Baumstamm gesetzt hatte und sich versenkte, erschien Sirii nicht. So etwas war noch nie geschehen, sonst tauchte der Elfenprinz sofort auf, wenn er ihn rief. Deshalb machte Rowan sich Sorgen, was seinem Freund widerfahren war.

„Können wir endlich los? Die Nacht ist gleich um", drängte Ottgar.

Rowan schüttelte den Kopf. „Wir müssen gut vorbereitet sein. Ich mache gleich die Feuerkugeln. Du musst sie ins Feuer schleudern, wenn ich wie eine Wanroe-Eule rufe."

Als Kinder hatten sie häufig die Eulen auf Burg Wanroe nachgemacht. Rowans Rufe konnten selbst erfahrene Jäger nicht von den echten Eulenschreien unterscheiden.

Er kramte in seiner Satteltasche und holte Elfenfarn und Feenhaar hervor. Wie gut, dass er die wichtigsten seiner Heilmittel mitgenommen hatte. Dann zerstampfte er beides im Mörser und mischte es mit dem Harz. Zum Schluss formte er kleine Kegel.

„Reichen sie?" Ottgar lief ungeduldig zwischen den Bäumen hin und her.

„Nein, noch nicht. Hab Geduld."

Obwohl Rowan von Ottgar genervt war, blieb er konzentriert. Er nahm jetzt etwas von dem gelben Gewitterstein und zerrieb ihn im Mörser, dann mischte er das Pulver mit dem Harz und rollte mit den Händen kleine Kugeln. Dabei sang er ein Lied, mit dem er die große Göttin Jaguar, die Beschützerin des Magierreichs, um Beistand bat.

Endlich hatte er das gesamte Harz verbraucht. Er bückte sich, strich dem Hühnerbusch über die Zweige und bat um Verzeihung. Dann riss er ein paar Blätter ab und rollte die Feuerkugeln in ihnen ein.

„So, jetzt können wir beginnen. Wir kommen rechtzeitig zur Stunde der Nachtgeister." Er reichte

Ottgar die meisten Feuerkugeln, nur zwei behielt er für sich, während er das Elfenfeuer unbemerkt in eine Tasche seines Umhangs steckte.

„Wir schleichen uns an, du wirfst die Kugeln nacheinander ins Feuer. Halte dich gut versteckt, damit die Echsen dich nicht entdecken. Ich versuche derweil, dein Pferd zu stehlen."

„Sollte nicht lieber ich mein Pferd holen? Es ist immerhin mein Tier."

Rowan nickte. „Stimmt, aber wenn es schiefgeht, rennst du zu meinem Pferd zurück und reitest weg. Du musst auf jeden Fall flüchten und nicht etwa versuchen, mir zu helfen. Die Feinde werden dir folgen und ich habe die Möglichkeit, mit Hilfe der Baumgeister, ein Versteck zu finden."

Ottgar erklärte sich einverstanden. Rowan atmete erleichtert auf, dass Ottgar die Erklärung einleuchtend fand. Dann ritten sie zu den Bäumen zurück, an denen sie vorher abgestiegen waren. Rowan hieß Ottgar, das Schwert mitzunehmen, wohingegen er Pfeil und Bogen nahm. Gemeinsam schlichen sie zum Lager, und während Ottgar unter einem Busch lag und auf Rowans Zeichen wartete, kroch Rowan auf allen vieren zu den Tieren. Erst als er in Schussweite angelangt war und einen Pfeil eingelegt hatte, ließ er den Eulenruf ertönen. Noch bevor Ottgar die erste Kugel ins Feuer geworfen hatte, erschoss er das vorderste Reittier der Feinde. Er spürte den Schmerz der Bestie, aber er überwand sein Bedauern und erlegte das nächste Tier. Die Herde zerrte unruhig an den Leinen und Rowan sorgte sich, dass die Wachen ihn entdecken würden. Ungeduldig wartete er auf das Feuerwerk.

Bevor er das dritte Tier tötete, knallte es im Lager. Es folgte ein langanhaltendes Zischen und der Wald wurde taghell erleuchtet. Er hörte die Echsenkrieger schreien. Doch er schaute nicht hin, sondern erlegte hintereinander die fremden Tiere. Erst als alle auf dem Boden lagen und sich nicht rührten, wagte er einen Blick zum Lager. Die Männer liefen hin und her. Da stoben durch eine zweite Kugel Funken umher, das Feuer flammte hoch auf und die Männer gingen hinter Bäumen und unter Büschen in Deckung.

Rowan rannte zu den Tieren, zog seine Pfeile heraus, dann hetzte er weiter zu Ottgars Pferd, das nervös an dem Seil zerrte, das es am Baum festhielt.

Rowan näherte sich langsam, sang das alte Pferdelied und griff endlich nach dem Pferdekopf. Er zog ihn am Zaumzeug zu sich herab, blies dem Tier seinen Atem in die Nüster und streichelte den Hals und schließlich die Ohren.

„So, jetzt reiten wir nach Hause", murmelte er leise, schnitt das Seil durch und führte das Pferd am kurzen Zügel durch die Bäume hindurch, immer leise das Lied singend.

Erst als er Scharus fast erreicht hatte, stieß er wieder den Eulenschrei aus. Er band sein Tier los, stieg auf Ottgars Pferd und wartete auf seinen Freund, der kurz darauf atemlos angerannt kam.

„Steig auf mein Pferd auf, deins ist völlig durch den Wind."

Ohne Widerspruch gehorchte Ottgar und folgte Rowan, der noch immer leise sang, um das Pferd zu beruhigen.

Der Morgen dämmerte bereits, als Rowan endlich dachte, sie wären in Sicherheit. Plötzlich lief ein kalter

Schauer über seinen Rücken. Gleichzeitig erkannte er, dass sich Scharus weigerte, weiterzugehen, obwohl Ottgar ihn antrieb.

„Zieh dein Schwert", zischte er. Gerade rechtzeitig, bevor mehrere Echsen sie anfielen. Rowan zog sein Messer. Aber er kam nicht dazu, auf die Gegner einzudringen, denn er hatte alle Hände voll zu tun, das Pferd unter seiner Gewalt zu bekommen. Ottgar schlug wie wild mit dem Schwert um sich. Ein Gegner sprang Rowan an. Doch Rowan fand sofort eine Spalte im Panzer und stieß zu. Allerdings gelang es ihm nicht, sein Messer zurückzuziehen. Daher ließ er sein Pferd steigen, als eine weitere Echse ihn angriff. Doch geschickte wie eine Katze wich der Gegner den Hufen aus.

Rowan fing mit lauter Stimme an zu singen. Ein Kriegslied, bei dem alle Freunde zum Kampf aufgefordert werden. Wind kam auf und die Bäume bogen sich und hielten dadurch die Gegner auf. Trotzdem hätten die beiden Freunde keine Chance gehabt, wenn nicht plötzlich zwei Krieger im letzten Augenblick aufgetaucht wären und mit kräftigen Schwerthieben auf die Echsenkämpfer eindrangen. Pfeile surrten von oben durch die Luft und fanden ihr Ziel. Innerhalb kürzester Zeit lagen die Gegner tot auf dem Boden.

„Das war Rettung in höchster Not", rief Ottgar erleichtert. Er saß ab und umarmte seinen alten Freund Mardok, Enkel des königlichen Waffenmeisters Peruan.

Rowan schaute sich suchend nach Sirii um. Der Elfenprinz saß auf einem Ast über ihm und lachte leise. Zwei Bäume weiter hockte ein weiterer Elf.

„Ich hatte dich gestern gerufen, aber du bist nicht gekommen", bemerkte Rowan vorwurfsvoll an Sirii gerichtet.

„Ich habe den Ruf vernommen, aber ich musste Mardok zu euch führen."

„Hab Dank für deine Hilfe, ohne euch wären wir verloren gewesen." Rowan stimmte ein Dankgesang an. Erst danach begrüßte er Mardok, seinen Gefährten aus Kindertagen, ebenfalls mit einer freundschaftlichen Umarmung. „Wo kommst du her?"

„Peruan hat mir eine Nachricht geschickt, dass ich euch suchen soll. Wir sollen gemeinsam nach Cajan reiten. Von dort sollst du weiter zum Sumpfland reisen, um deine Ausbildung bei Magier Zwandir fortzusetzen, während Ottgar und ich als Ritter am Hof von König Haldur bleiben sollen. Wir sollen das Magierreich nur in den Grenzgebieten betreten, aber auf keinen Fall Wanroe oder Ranhoe aufsuchen." Er drehte sich zu seinem Begleiter um. „Das ist Urdin, er ist vor ein paar Tagen mit mir zusammen zum Ritter geschlagen worden", stellte er den Reisegefährten vor. Die jungen Männer begrüßten sich und auch bei Urdin bedankte sich Rowan, dass er sein Leben für sie riskiert hatte.

Nachdem sie Pfeile und Messer eingesammelt hatten, ritten sie gemeinsam weiter, bis sie eine Höhle fanden, in der sie übernachten konnten. Sirii versprach, Wache zu halten.

„Wir haben Rowan schon gestern Nachmittag singen gehört. Das alte Regenlied – doch wir haben es nicht mehr geschafft, zu euch zu gelangen, da ein Unwetter einsetzte. Die Pferde wurden so unruhig, dass wir unter Bäumen Schutz suchen und warten mussten. Heute Morgen fanden wir am Moor die erschlagenen Echsen; Sirii entdeckte euch schließlich", berichtete Mardok.

Erschöpft aßen sie Rowans Nüsse, Mardoks Trockenfleisch und Brot.

„Morgen müssen wir uns um neue Vorräte kümmern", meinte Mardok.

Doch niemand antwortete, da seine Kameraden längst erschöpft eingeschlafen waren.

3.

Am nächsten Morgen stand Rowan früh auf. Der junge Elf hielt am Eingang der Höhle Wache. Rowan lächelte zur Begrüßung und zeigte auf seinen Sack. Der Elf verstand sofort und nickte ihm zu. Solange er in Sichtweite der Höhle war, schritt Rowan kräftig aus, doch sobald er im Unterholz des Waldes verschwand, bewegte er sich langsam und vorsichtig, obwohl sein Gefühl ihm sagte, dass keine Gefahr drohte. Bald roch er Pilze und ging dem Geruch nach. Es war eine ergiebige Stelle, deshalb füllte sich sein Sack schnell. Dazu fand er ein paar essbare Wurzeln. Trotzdem suchte er weiter, schließlich entdeckte er einige Kräuter und sogar einen Wildapfelbaum. Da sein Sack gefüllt war, zog er seinen Umhang aus und legte die Äpfel hinein. Anschließend lief er zurück. Weil er die Strecke schon auf dem Hinweg erkundet hatte, bewegte er sich nicht mehr ganz so vorsichtig.

„Wo warst du so lange?", fragte Ottgar unwillig. „Ich will hier nicht warten, bis diese Echsenkrieger erneut auftauchen. Woher wussten sie überhaupt, wo wir sind?"

Rowan schaute Sirii an. Doch der schüttelte nur seinen Kopf.

„Die Echsen gestern Abend waren wahrscheinlich diejenigen, die wir überfallen haben", überlegte Rowan.

„Aber du hast doch ihre Reittiere getötet", widersprach Ottgar.

„Stimmt, aber anscheinend können sie sehr gut Spuren lesen. Vermutlich ist ihr Geruchssinn so gut wie der von Hunden. Außerdem können sie sich über große Entfernungen verständigen." Rowan seufzte. Er erinnerte sich an frühere Begegnungen mit diesen unheimlichen Gegnern. Jedes Mal waren er und die Seinen auf die Hilfe der Elfen angewiesen gewesen, um zu überleben.

Sirii nickte.

Rowan sah ihn fragend an. Doch wieder schüttelte der Elfenprinz den Kopf. „Ich weiß nur, dass sie sich verständigen. Aber unsere Geister helfen ihnen nicht. Und ich habe auch keine Lichtsignale oder Laute wahrgenommen."

Rowan hatte inzwischen sein Pferd gesattelt und saß auf. „Wir essen, wenn wir das erste Mal anhalten."

Da Sirii den Weg erkundet hatte, übernahm er die Führung und brachte sie unbehelligt zwischen zwei Echsenposten hindurch. Als die Sonne im Zenit stand, hielten sie an einem Bach an. Pferde und Menschen bekamen zu trinken. Rowan wusch die Kräuter und Pilze, die sie roh essen mussten, da sie wegen der Nähe der Feinde kein Feuer zu entzünden wagten.

„Ein Stück Fleisch wäre mir jetzt lieber", meinte Urdin.

„Auch wenn es roh ist?", fragte Mardok und grinste breit.

„Nein, ich bin doch kein Waldlöwe", wehrte Urdin entsetzt ab.

„Dann freue dich, dass Rowan das Kuhfutter zusammengesucht hat."

Rowan unterhielt sich angeregt mit Urdin und erfuhr einiges über ihn. Der junge Mann stammte aus der Nachbarschaft der Felsenburg und hatte schon viel von Rowan gehört.

„Du hast Loidin damals sehr geholfen", erklärte Urdin bewundernd.

„Loidin und seine Leute hätten es auch allein geschafft. Seine Frau ist eine würdige Burgherrin. Sie kann die Felsenburg genauso gut wie ihr Mann verteidigen", wehrte Rowan ab. „Auch seine Töchter sind tüchtig. Die älteste ist eine hervorragende Bogenschützin."

Urdin nickte. „Ich war bei ihnen Page, später lebte ich eine Weile in Llyllia und war schließlich mit Mardok als Knappe bei Fürst Xandril im Ostreich."

Bald saßen sie wieder auf und ritten bis zum Einbruch der Nacht weiter.

Sirii führte sie in den nächsten Tagen auf magianischem Gebiet an der Grenze entlang Richtung Cajan. Doch immer wieder mussten sie den Echsenkriegern ausweichen. Einige Male entdeckte Rowan sogar Drachen am Himmel und er spürte zudem eine weitere bedrohliche Macht, die aber unsichtbar war.

Immer mehr kam er zu der Überzeugung, dass diese Kraft die Echsenkrieger führte. Denn sonst hätten die Echsen nicht ständig ihren Weg versperren können. Und diese Macht, die sie anführte, war in der Lage, die Gedanken ihrer Untertanen, seien es Echsenkrieger oder Drachen, zu beeinflussen.

Eines Abends nächtigten sie an einem Fluss. Als sich die anderen zum Schlafen hinlegten, suchte Rowan deshalb das Ufer auf. Er setzte sich auf einen großen Felsen und versenkte sich in sein Inneres. Erst als er ganz zur Ruhe gekommen war und die Welt um sich herum nicht mehr wahrnahm, rief er den Flussgeist an. „Geist im Fluss, bitte hilf uns."

Das Gesicht eines kräftigen bärtigen Mannes erschien knapp unter der Wasseroberfläche. „Was wünscht du, Rowan, Enkel des mächtigen Bunduars?"

„Woher kommen diese Echsenwesen? Was wollen sie von uns? Und welche unheimliche Macht spüre ich?"

Die Miene des Flussgeistes verschloss sich. Er schwieg und Rowan befürchtete, ihn verärgert zu haben. Hätte er die Fragen lieber einzeln stellen sollen?

„Die Echsen stammen aus der Vulkangegend im nördlichen Llyllia", antwortete der Geist schließlich bedächtig.

„Aber sie sind kälteempfindlich", entfuhr es Rowan.

„Die Vulkane wärmen die Gegend. Es gibt viele heiße Quellen, an denen fremdartige Geschöpfe leben, wie diese Echsenkrieger und die Drachen."

Rowan nickte. Er schwieg, um den Flussgeist nicht zu unterbrechen. Doch der blieb ebenfalls stumm. Erst nach einer längeren Pause fuhr er fort. „Sie wollen die Macht im Magierreich an sich reißen, dabei helfen ihnen die Geister der Unterwelt."

„Die alten, längst besiegten Wesen der Unterwelt spüre ich als unheimliche Macht", murmelte Rowan.

Der Flussgeist nickte. „Ja, nur mächtige Magier und erfahrene Ritter können dieser Gewalt widerstehen, ihr seid noch nicht so weit, daher müsst ihr das Magierreich so schnell wie möglich verlassen."

„Wie steht es mit den Geistern und Hexen?", fragte Rowan.

„Wir Geister sind eure Freunde, die Magier haben uns schon immer als Gleichberechtigte behandelt und sich um unser Wohl gekümmert, deshalb werden wir euch helfen, wo wir können, egal was passiert."

„Und die Hexen?"

„Die musst du selbst fragen."

Rowan bedankte sich, bevor das Gesicht des Flussgeists immer undeutlicher wurde, bis es sich aufgelöst hatte. Er kehrte in die Gegenwart zurück. Inzwischen war der Mond aufgegangen und unzählige Sterne schienen am Himmel. Er stand auf und reckte sich, dann griff er in seine Tasche, zog einige Nüsse und Kräuter hervor und warf sie als Opfergabe in das Wasser.

Langsam wurde Rowan klar, warum die Älteren so besorgt waren, sie in Sicherheit zu wissen. Es ging nicht nur darum, den Thronfolger und den Enkel des Obermagiers zu beschützen. Natürlich sollten die Erben in Sicherheit sein, bis die Feinde besiegt waren. Aber im Gegensatz zu einem Krieg, bei dem Mann gegen Mann kämpften, hatten die jüngeren Streiter bei diesem Kampf keine Aussicht, sich zu beweisen, da sie ihre inneren Kräfte, sich gegen die fremde Macht zu wehren, noch nicht vollständig beherrschten. Wahrscheinlich gab es für sie nicht einmal eine Möglichkeit zu überleben.

Sirii bot in den nächsten Tagen seine ganzen Fähigkeiten auf, um sie sicher nach Norden zu führen, doch da die Feinde ihnen die Wege versperrten, drifteten sie immer weiter in die Landesmitte ab.

„Jetzt sind wir schon im Gebirge des Felsenklosters, da können wir doch gleich nach Wanroe reiten", meinte Ottgar.

„Lieber erst nach Ranhoe", erklärte Mardok und Rowan nickte. Mardok fuhr fort: „Auf Ranhoe können wir auch erfahren, wie es am Königshof steht. Außerdem liegt Ranhoe schon so weit im Norden, dass wir im Notfall Cajan schnell erreichen können."

„Es liegt sozusagen auf unserer Strecke und du brauchst dich nicht schuldig fühlen, weil du uns nicht auf direktem Wege in Sicherheit gebracht hast", meinte Ottgar und schaute Rowan bittend an.

Rowan grinste. „Also, auf nach Ranhoe."

Sirii ließ sie gewähren. Rowan vermutete, dass der gerade Weg zur Felsenburg von Feinden versperrt war. Die Freunde beeilten sich und erstaunlicherweise trafen sie nicht mehr auf Echsen, deshalb kamen sie schnell voran.

„Auf Ranhoe droht euch Gefahr", warnte Sirii Rowan, als sie sich früh morgens, während die Gefährten noch schliefen, unterhielten. Sie saßen am Bach und Rowan fing mit bloßen Händen Forellen. Der Fang eines jeden einzelnen Tieres bereitete ihm Qualen und er musste sein Mitleid mit der Todesangst der Fische überwinden. Doch sie brauchten unbedingt Essen, auch wenn er selbst normalerweise keine toten Tiere aß, aber diese Situation war eine große Ausnahme für ihn. Deshalb bat er jeden Fisch um Vergebung und opferte hinterher seine ätherischen Öle.

Sirii hatte weniger Bedenken, er fing ebenfalls Fische, sogar mehr, als sie brauchten. „Wir trocken sie, dann habt ihr in den nächsten Tagen etwas zu essen", erklärte er.

„Welche Gefahr erkennst du?", hakte Rowan nach.

„Die dunkle Macht ist bei Ranhoe ganz stark."

„Kannst du voraneilen?", fragte Rowan.

„Nein, ich lasse euch hier nicht mehr allein. Wir müssen aufpassen und sehr vorsichtig sein."

Rowan nickte. Auch er spürte die Feinde wieder in der Nähe. Dass Ranhoe in Gefahr war, beunruhigte ihn.

Beim Felsenkloster gab es einen Ort, der noch immer stark von der dunklen Macht beherrscht wurde. Wie ging es den Mönchen und Nonnen des Klosters? Und seinem Freund, dem Magier Zonbuar?

Er traute sich nicht, die Kristallkugel zu befragen, zu groß war die Angst, schlimme Kunde zu erfahren. Außerdem hatte er nicht die Zeit, sich in Ruhe zu versenken, da sie nur kurze Pausen einlegten. Selbst des Nachts schliefen sie nur wenig.

Am Abend erreichten sie die Höhen bei Burg Ranhoe. Rowan setzte durch, dass sie nicht auf dem Hauptweg auf die Burg zuritten, sondern einem entfernteren Berg an der Ostseite hochstiegen und von oben erst einmal auf die Burg schauten.

Ottgar keuchte erschrocken beim Blick aufs Tal. Mardok pfiff leise durch die Zähne. „Das sieht schlimm aus", flüsterte er entsetzt.

Trotz der Entfernung erkannten sie, dass rund um die Burg ein großes feindliches Heer lagerte. Die Burg war vollständig eingeschlossen.

„Wir müssen Herzog Burgwan helfen", rief Ottgar mit überschlagender Stimme, sobald er sich vom Schrecken erholt hatte.

„Und wie?", fragte Mardok. Er sah leichenblass aus.

„Wir schlagen uns zum Burgtor durch!" Ungestüm griff der junge Prinz nach seinem Schwert.

„Und während Herzog Burgwan das Tor öffnete, dringen die Feinde mit uns gemeinsam in die Burg ein." Mardok zog die Augenbrauen zusammen und schaute finster drein.

Rowan hatte seine Augen fast geschlossen. Er versuchte, die Stimmen der Bäume und der Quelle hinter ihm zu belauschen.

„Rowan, nun sag doch etwas. Wir müssen helfen", drängte Ottgar.

Rowan schüttelte den Kopf. „Wir können gar nichts machen. Ich werde versuchen, einige Geister zu befragen. Das geht aber nur, wenn ich mich auf euch verlassen kann und ihr hier in Ruhe abwartet, bis ich zurück bin!" Seine Stimme klang drohend.

Mardok nickte. „Wir bleiben hier und beobachten die Besatzer."

Rowan schaute ihm in die Augen und wiederholte nachdrücklich: „Ich verlasse mich auf dich!" Dann lief er zur Quelle. Trotz seines inneren Aufruhrs gelang es ihm, sich schnell zu sammeln und in eine Art Trance zu bringen. Bald ließ sich der Quellgeist blicken.

„Wir wollen nicht mehr mit den dunklen Mächten leben. Eure Magier haben uns immer geachtet und beschützt", erklärte der junge Quellgeist.

Rowan dankte ihm und fragte: „Seit wann wird Ranhoe belagert?"

„Seit zwei Wochen." Der junge Geist seufzte.

„Haben sie um Hilfe gebeten?"

„Sie haben Brieftauben losgeschickt, aber bisher ist niemand zu ihrer Rettung erschienen."

„Weißt du, wie es um Wanroe steht?", fragte Rowan zögernd, da er Angst vor der Antwort hatte.

Der Quellgeist schwieg eine Weile. „Das ist weit weg, aber neulich hörte ich von den Winden, dass auch Wanroe belagert wird. Sogar schon viel länger als Ranhoe."

„Können uns die Geister helfen?", erkundigte sich Rowan.

Der Geist schüttelte seinen Kopf. „Es tut mir leid, aber die dunkle Macht ist zu mächtig. Wir werden dich warnen und dir unsere Neuigkeiten weitergeben, aber mehr können wir nicht leisten."

„Wenn deine Brüder, der Wind und der Regen, uns unterstützen würden?", bohrte Rowan verzweifelt nach.

Der Geist schüttelte wieder bekümmert den Kopf. „Nein, es sind nicht nur die Echsenkrieger und die Drachen, es gibt mächtige Magier im Lager der Angreifer, die nichts Gutes mit den Menschen im Schilde führen, und ihre dunkle Macht liegt drückend über dem Reich. Wir Naturgeister sind nicht stark genug, uns gegen sie aufzulehnen. Aber Bunduar wird es sicher schaffen, die dunkle Macht zurückzuweisen."

Ein Schauer lief über Rowans Rücken. Er ahnte, dass seine schlimmsten Befürchtungen wahr werden würden.

„Was ist mit dem heiligen Felsenkloster?", flüsterte Rowan.

„Die Nonnen und Mönche leben noch immer in Frieden und gehen ihrem Tageslauf nach."

Rowan musste eine Weile darüber nachdenken. Das Kloster wurde also nicht belagert, sondern der Widerstand der Nonnen und Mönche sollte auf andere Weise gebrochen werden. Wahrscheinlich besaß der Orden eine Möglichkeit, die heilige Stätte der dunklen Macht zu zerstören. Warum taten sie es nicht? Warum hatten sie es nicht schon in den vergangenen Jahrhunderten gemacht?

Rowan wusste einfach zu wenig. Sein Großvater durfte nicht sterben. Er wollte ihn wiedersehen und noch so viel von ihm lernen. Angst legte sich wie eine Schraubzwinge um seinen Brustkorb.

„Es tut mir leid, dass ich nur schlechte Nachrichten überbringen kann", entschuldigte sich der Quellgeist.

Rowan lächelte verkrampft. „Ich danke dir, dass du mir geantwortet hast. Die Göttin sei mit dir und beschütze dich!" Er summte ein Dankes- und ein Schutzlied, opferte die letzten Wildäpfel, dann stand er auf und ging nachdenklich zu seinen Gefährten zurück.

„Na, was ist? Was machen wir jetzt?", fragte Ottgar ungeduldig.

„Gar nichts. Ich werde sehen, ob ich woanders mehr erfahre", murmelte Rowan leise. Er hatte entschieden, sich Zeit zu nehmen. Deshalb öffnete er sein Gepäck und holte Sidawas Kristallkugel heraus, die sie ihm zum Abschied geschenkt hatte. Damit begab er sich zu einem Felsen, setzte sich darauf und legte die Kugel vor sich hin. Dann schloss er die Lider, sang eine Weise, die die Hexe ihm gelehrt hatte und versank immer tiefer in Entrückung. Schließlich öffnete er die Augen. Vor ihm in der Kugel entdeckte er Wanroe. Die Burg wurde schwer belagert, Geschosse wurden abgefeuert. König Wilhar befahl die Verteidigung, die darin bestand, die Bewohner der Burg und die vielen Menschen aus der Nachbarschaft, die Schutz gesucht hatten, zu beruhigen und in sichere Burgbereiche zu bringen. Die Menschen schlachteten bereits die Pferde, um zu überleben. Er entdeckte auch Bunduar, der irgendetwas in seiner Kammer braute und Sprüche murmelte.

Dann sah er Ranhoe – die Burg brannte. Und die Belagerer stürmten die Burg. Grausam erschlugen sie die Verteidiger und die Dörfler, die in die Feste geflohen waren. Er sah Burgwan sterben, ebenso seine Söhne und Frau.

Das Moorheiligtum wurde überrannt, aber es war leer. Rowan sah alles nur undeutlich, es schien in weiter Ferne zu sein. Die Priester waren geflohen …, nein, nicht alle, der Oberpriester Garudin stellte sich den Angreifern entgegen. In einer Hand hielt er eine Statue der Göttin Jaguar. Er betete und murmelte einen Fluch. Der wirkte, viele Angreifer versanken mit ihren Reittieren im Moor. Doch immer neue Krieger strömten über den Damm, der durch das Moor zum Heiligtum führte, schließlich schossen sie Pfeile ab und trafen Garudin. Trotzdem blieb er aufrecht stehen, bis die ersten Echsenkrieger ihn mit Äxten erschlugen. Blutüberströmt sank er zu Boden, noch immer die Göttinnenstatue umklammernd.

Rowan schloss für einen Augenblick die Augen. Als er sie wieder öffnete, sah er seine Mutter Salawin vor sich. Sie stand an der Heidequelle und rief die Elfen und Geister um Beistand für ihren Vater Bunduar und König Wilhar an. Die dunkle Macht brandete heran, diesmal nicht mit Kriegern, sondern mit einer giftgrünen Wolke. Bäume welkten, Vögel fielen tot vom Himmel, kleine Feen krümmten sich und sanken zu Boden.

Bunduar stand währenddessen beim Felsenkloster vor dem Felsen, der Rowan damals Furcht eingejagt hatte. Plötzlich wusste er, dass dieser Felsen eine tiefe Spalte schloss, aus der Wesen der Unterwelt zu fliehen versuchten. Bunduar kämpfte mit ihnen und ihren Verbündeten. Er hatte beide Hände erhoben und sprach uralte magische Worte.

Die Giftwolke schrumpfte, sie schrumpfte immer stärker, doch dann schlug sie erneut zu und verschlang Salawin, die getroffen zu Boden sank. Ihr Gesicht schwarz verfärbt. Bunduar ließ sich nicht beirren, er betete, entzündete etwas in dem großen Bronzekessel, der auf der Wiese vor ihm stand. Eine gewaltige gelbe-rote Flamme schlug zum Himmel, es schien, als vereinigte sich das Feuer mit der Göttin. Bunduar schrie jetzt die magischen Worte: „Waillari, willoru, machtinan, Jaguar, machtian, Wilhar, machtian Magierreich! Xachuru, chantri om gugun, chuzantal muratis."

Rowan sprach die Worte mit. Er spürte, wie die böse Macht kleiner und kleiner wurde, doch es half Bunduar nicht. Erschöpft sank er auf die Knie, noch immer mit lauter Stimme die magischen Worte rufend. Schließlich sackte er erschöpft zusammen und fiel zu Boden. Sein Gesicht wurde wächsern. Er war tot.

Rowan ließ die Tränen über seine Wangen laufen, ohne sie wegzuwischen. Durch den Tränenschleier sah er nun Wanroe, Stuten mit Fohlen weideten auf der Brache vor der Burg. Der Wald im Hintergrund bestand aus jungen Bäumen. Bauern lenkten ihre Fuhrwerke zur Burg. Wilhar empfing sie. Er war gealtert. Gebückt schlurfte er durch den Rittersaal zum Feuer. Nur die Königin konnte Rowan nicht entdecken. Und er spürte, dass auch Peruan, der alte Waffenmeister des Königs, nicht mehr am Leben war. Dann wanderte das Bild weiter. Rowan erblickte das Heideheiligtum. Schäfer weideten ihre Herden in der Nähe auf der violett blühenden Heide.

Rowans Kraft verließ ihn alsbald und das Bild verschwamm, bis es völlig verschwand.

Er wusste jetzt: Sie besaßen keine Möglichkeit einzugreifen. Aber Mardok und Ottgar mussten in Sicherheit gebracht werden!

Rowan blieb erschöpft auf dem Felsen sitzen, bis Mardok und Ottgar zu ihm kamen. „Weißt du jetzt, was wir unternehmen können?", fragte Ottgar gespannt.

Mardok musterte ihn schweigend. „Schlimme Nachrichten?"

Rowan hob den Kopf. „Ich muss mit Sirii sprechen."

Mardok nickte, griff Ottgars Arm und zog ihn zum Lagerplatz zurück. Einen Augenblick später erschien Sirii und fragte: „Du hast in die Zukunft gesehen?"

Rowan nickte.

„Und du hast nichts Gutes entdeckt."

Rowan schluckte, bevor er flüsterte: „Es wird weitergehen, aber … nach großen Verlusten."

„Was wird aus uns Elfen?"

„Ich weiß es nicht. Euch habe ich nicht gesehen. Aber nicht nur das meiste menschliche Leben wird im Magierreich in den nächsten Jahren vernichtet werden, sondern auch viele Pflanzen und Tiere werden sterben, ebenso Feen und Geister."

Sirii schaute ihn ernst an. „Die Elfenkönigin Mirasa gab mir den Auftrag, dich auf jeden Fall zu schützen, damit du das Magierreich gemeinsam mit Prinz Ottgar wiederaufbauen kannst."

„Ottgar muss in Sicherheit gebracht werden, damit die Herrscherlinie fortbesteht. Das ist meine Aufgabe." Rowan schwieg einen Augenblick. Dann fragte er Sirii: „Können wir Ranhoe irgendwie helfen?"

„Nein, ihr würdet eure Gegner nur auf euch aufmerksam machen. Dann können weder ich noch die Geister euch retten."

„Ob Zonbuar noch in seiner Almhütte lebt?", überlegte Rowan.

„Die Klamm ist besetzt, da könnt ihr nicht durchlaufen."

„Woher weißt du das?"

Sirii grinste schwach. „Ich habe ebenfalls mit jemanden gesprochen. Die Feen haben es mir verraten."

„Wissen sie, wie es um das Heiligtum steht?"

„Die Mönche und Nonnen leisten hartnäckigen Widerstand. Aber ich glaube kaum, dass sie durchhalten können, wenn alle Burgen gefallen sind."

Rowan nickte. „Ich bin damals zu Fuß den Berg hochgeklettert. Es war anstrengend, aber es geht auch ohne den Weg durch die Klamm."

Sie liefen zu ihren Freunden zurück. „Wir können Ranhoe leider nicht unterstützen. Im Gegenteil, wir würden ihre Sorgen vergrößern. Vielleicht kann Magier Zonbuar uns weiterhelfen. Vielleicht hat er Informationen, aber Sirii sagt, der Weg durch die Klamm ist besetzt. Wir müssen also den Berg hochklettern. Die Pferde müssen wir vorher irgendwo gut verstecken", erklärte Rowan.

„Es gibt hier ein kleines geschütztes Tal. Da können sie unbehelligt weiden", schlug Mardok vor und als Rowan nickte, machten sie sich auf den Weg dorthin. Sie entfernten sich von Ranhoe und dem in der Nähe gelegenem Felsenkloster. Erst nach ein paar Stunden erreichten sie das Tal, das sich am Fuße des Berges befand, auf dem Zonbuar lebte. Rowan erkannte, dass die Schlucht mit einem Felsen verschlossen werden konnte. Also rollten sie ihn gemeinsam vor den schmalen Eingang, anschließend lagerten sie an dem kleinen Bach, der in der Sohle des Tals floss.

„Gut so, die Pferde brauchen dringend ein paar Tage Erholung", sagte Mardok, als sie eng zusammengedrängt saßen, um sich gegenseitig zu wärmen und ein paar essbare Blätter knabberten.

„Das Zeug schmeckt scheußlich!", erklärte Ottgar. „Ist es wirklich ungiftig?"

Rowan grinste. „Nein, ich habe endgültig die Nase voll, dich ständig von deinen ungestümen Alleingängen abzuhalten."

Mardok lachte. „Das bist du gar nicht mehr gewohnt, dass dir einer die Meinung sagt, oder?", fragte er Ottgar, der daraufhin rot anlief.

„Es tut mir leid, wenn ich euch Ärger mache, aber ich sorge mich so und will doch nur helfen."

„Und bringst andere dabei in Lebensgefahr", erwiderte Mardok.

„Ohne irgendjemanden tatsächlich dadurch zu helfen", ergänzte Rowan. Er glaubte zwar nicht, dass Ottgar sich so schnell ändern würde, aber immerhin wirkte der junge Prinz nun ein wenig nachdenklich.

In der Nacht hielten sie abwechselnd Wache, um nicht überrascht zu werden.

4.

Bevor die Sonne aufging, brachen sie auf. Damit sie sich nicht unnötig belasteten, hatten sie einen Teil ihrer Ausrüstung in einer kleinen Höhle versteckt.

Rowan hängte sich einen Beutel über die Schulter und begann, den Aufstieg zu suchen. Er hatte sich schon am Abend den Berg angeschaut und überlegt, wie er hochklettern konnte. Seine Freunde folgten ihm, obwohl Rowan Bedenken hatte, ob es dem Einsiedler überhaupt recht war, wenn er in dieser gefährlichen Lage auch noch Besuch zu ihm brachte. Aber er konnte sie auch nicht allein im Tal lassen. Sie mussten zusammenbleiben, um etwaige Gefahren besser abwehren zu können.

Nach ein paar Stunden hatten sie gerade ein Viertel des Aufstiegs geschafft.

„Es macht doch keinen Sinn. Das schaffen wir nie", stöhnte Ottgar und auch Mardok und Urdin ließen sich keuchend auf den Boden fallen.

„Ich habe es damals bei dem Drachenangriff auch geschafft, einfach am Berg hochzuklettern."

„Das warst du jünger und beweglicher. Wir sind schwer und schwerfällig", meinte Mardok.

„Du uralter Greis", spottete Urdin, obwohl er selbst um Atem rang.

„Einfach war es auch damals nicht. Mich hat die Angst hochgetrieben. Es war gut, so konnte ich den Geist des Wasserfalls um Hilfe bitten."

„Meinst du, er kann auch diesmal helfen?", fragte Ottgar hoffnungsvoll.

„Ich weiß es nicht. Ich fürchte, eher nicht, aber versuchen will ich es. Selbst wenn er nicht helfen kann, gibt er uns vielleicht gute Ratschläge." Rowan nahm seinen Sack, den er abgelegt hatte, wieder auf und suchte vorsichtig einen Weg, was gar nicht so einfach war, weil der Berg sehr steil anstieg. Teilweise krochen sie auf allen vieren, einmal mussten sie über ein Geröllfeld. Rowan warnte seine Freunde. „Seid vorsichtig, wenn die Steine ins Rutschen kommen, lösen wir eine Mure aus."

„Ist doch nicht so schlimm. Hier wohnt doch keiner", meinte Urdin.

„Sie könnte uns mitreisen und töten. Außerdem verrät sie uns. Dann wüssten die Feinde, dass hier jemand ist", widersprach Rowan. Mit Grausen erinnerte er sich an den Lawinenniedergang in Llyllia, den er nur knapp überlebt hatte.

Immer wieder fanden sie kleine Wasserrinnsale, aus denen sie tranken. Rowan hatte ausreichend Nüsse und getrockneten Fisch in seinem Beutel, sodass sie sich stärken konnten.

Gegen Abend erreichten sie eine Hochebene. „Es ist nicht mehr weit", feuerte Rowan seine Freunde an. Dabei wusste er nicht einmal, wo sie sich genau befanden. Die Ebene kam ihm unbekannt vor. Er marschierte mit großen Schritten in die vermutete Richtung. Müsste er nicht längst Zonbuars Feuer riechen? Verunsichert blieb er einen Augenblick stehen und versuchte, sich zu orientieren.

„Hier hat es gebrannt", stellte Mardok fest und zeigte auf eine schwarze Krüppelkiefer.

Rowan wurde bang zumute. Lebte Zonbuar überhaupt noch?

„Warum ist dein Magier hier, statt Ranhoe zu helfen?", schimpfte Ottgar und ließ sich erschöpft fallen.

Rowan ließ seinen Blick kritisch über die Hochebene wandern. Es musste vor längerer Zeit gebrannt haben. Alpenrosen und Krüppelkiefern waren verkohlt, aber Gräser und Blumen standen in einem satten Grün. Rowan versenkte sich in sein Inneres. Er erkannte die Senke vor ihnen, dort hatten die Ziegen geweidet. Dahinter hatte Zonbuars Hütte gestanden.

„Sind wir am richtigen Ort? Hier gibt es keine Hütte!", fragte Mardok.

„Doch", flüsterte Rowan. Was war hier geschehen? Er führte sie erst einmal zu dem Bach, aus dem Zonbuar sein Wasser genommen hatte. Dort ließen sie sich nieder und Rowan nahm die letzten Vorräte aus seinem Beutel.

„Es ist hier zu ungeschützt und kalt, um ohne Zelt und Decken zu übernachten", erklärte Mardok.

„Es gibt in der Nähe eine Höhle", sagte Rowan, schulterte den Beutel und lief voran. Obwohl es dämmerte, reichte hier oben auf dem Berg das Licht noch aus. Er schritt kräftig aus und erreichte bald den Wasserfall. Er grüßte den Wassergeist und warf eine Handvoll Kräuter, die er auf dem Weg gepflückt hatte, in den Wassersturz. Oberhalb des Wasserfalls lagen Felsen im Wasser, auf denen sie den reißenden Bach überqueren konnten. Schnell liefen sie weiter, nicht den Weg durch die Klamm, sondern wieder bergauf. Inzwischen wurde es dunkel und Rowan erahnte den Weg mehr, als er ihn sah. Endlich erreichten sie den Höhleneingang. Er war schon im Hellen kaum zu erkennen, da es nur ein kleiner Spalt zwischen Felsen war.

Rowan hielt inne, hob die Hand, um seine Gefährten aufzufordern, leise zu sein, und rief halblaut: „Zonbuar, bist du hier?"

Es gab keine Antwort.

„Ich gehe allein hinein, wenn ich nicht wiederkomme, müsst ihr den Weg allein zurückgehen. Reitet dann zur Felsenburg. Ich hoffe, Loidin hat sie halten können. Er wird euch weiterhelfen", bestimmte Rowan.

„Wir gehen zusammen hinein, wir dürfen uns nicht trennen", erwiderte Mardok besorgt.

Doch Rowan widersprach: „Du musst Ottgar notfalls in Sicherheit bringen." Dann schlüpfte er in die Höhle, dazu kroch er auf Händen und Knien durch den Eingang. Gleich dahinter hielt er inne, versuchte, etwas zu erkennen, und sog die Luft durch die Nase. Doch, es roch nach Ziegen. Er erhob sich und lief vorsichtig weiter in die Höhle hinein, dabei tastete er sich mit der Hand an der Wand entlang.

„Zonbuar, bist du hier?", fragte er leise.

„Direkt vor dir", antwortete Zonbuar.

Rowan atmete erleichtert auf. Er machte einen Schritt vorwärts und umarmte seinen alten Freund.

„Ottgar, Mardok und Urdin stehen vor der Höhle, dürfen sie hereinkommen?", bat Rowan.

„Ich weise keine Wanderer ab", kam die Antwort.

Rowan tastete sich zum Eingang zurück. „Es ist dunkel, ihr müsst euch an der Wand entlangtasten. Am besten fasst ihr euren Vordermann an die Schulter und folgt ihm."

Dann führte er seine Freunde zu Zonbuar. Der Magier legte einen Leuchtstein auf einen Felsvorsprung. Inzwischen hatten sich ihre Augen so an die Dunkelheit gewöhnt, dass sie im schwachen Leuchten des Steins die nähere Umgebung erkennen konnten. Vor ihnen saß Zonbuar auf einem Lager aus Stroh und Decken, aus einer Nachbarhöhle hörte Rowan die Geräusche der Ziegen. Neben Zonbuar standen der Tisch, Stühle und sogar die Bank, die einst vor der Hütte zum Verweilen eingeladen hatte.

„Bist du überfallen worden?", fragte Rowan und setzte sich auf die Bank.

„Nein, dann würde ich nicht mehr leben. Unsere Gegner wissen nicht, dass ich mich hier oben verstecke."

„Warum haben sie dann die Klamm besetzt?"

„Genau", murmelte Ottgar, was ihn einen strafenden Blick Zonbuars eintrug.

„Am Eingang der Klamm lebt ein Drache. Wahrscheinlich wartet er auf Bunduar", antwortete der Magier.

„Dann hat es damals einer der verwundeten Drachen geschafft, nach Hause zu kommen", stellte Rowan fest.

„So vermute ich. Sie flogen vor fünfzehn Monden zu acht über die Hochebene und setzten sie an mehreren Stellen in Brand. Da es ein trockener Sommer war, verbrannte alles."

„Und wie konntest du deine Möbel retten?", fragte Rowan und zeigte auf den Tisch und die Stühle.

„Ich hatte schon, als die Echsen ins Magierreich eindrangen, einen Teil meiner Sachen in die Höhle geschafft. Als die Drachen kamen, halfen die Elfen mir, die restlichen Besitztümer hierher zu tragen. So konnte ich meine Ziegen, Bücher, Kräuter und Salben in Sicherheit bringen. Da die Hütte ebenfalls verbrannte, wohne ich seitdem hier."

Er gab den jungen Männern Stroh und Decken für ein Lager. Erschöpft schliefen sie ein.

Am frühen Morgen wachte Rowan auf, weil er Zonbuar hantieren hörte. Er stellte gerade einen Krug Ziegenmilch auf den Tisch. Rowan erhob sich schnell und wusch sich in dem unterirdischen Wasserlauf.

Später aßen sie Ziegenkäse und Getreidebrei, der aus eingeweichtem geschrotetem Getreide mit Trockenfrüchten bestand.

„Sollen wir auf die Jagd gehen?", fragte Ottgar eifrig.

„Nein, das ist zu auffällig. Aber ihr könnt die Ziegen auf die Weide auf der Nordseite treiben. Dort steht das Gras noch hoch genug", erklärte Zonbuar. „Rowan kann mir helfen, Früchte zu sammeln."

Zonbuar beschrieb ihnen den Weg und Ottgar, Mardok und Urdin machten sich an die Arbeit. Vorsichtshalber nahmen sie ihre Waffen mit.

Schweigend verließen Zonbuar und Rowan die Höhle und stiegen den Berg hoch, um oben in den Felsen seltene Kräuter und Moosbeeren zu sammeln.

„Ihr müsst das Magierreich so schnell es geht verlassen", erklärte Zonbuar, als sie auf dem Bauch liegend über das Land unter ihnen schauten.

„Können wir gar nichts tun? Nicht helfen? Inzwischen bin ich wirklich ein Magier und ich bilde mir ein, dass ich kein schlechter bin", erklärte Rowan eifrig.

Zonbuar lachte leise. „Du warst schon als Kind ein außergewöhnlicher Magier. Aber wir brauchen dich, wenn wir die Feinde vertrieben haben. Du bist vielleicht der Einzige, der das Wissen retten und hinterher neue Magier ausbilden kann."

„Wenn die Echsen siegen, gibt es nichts mehr aufzubauen", wandte Rowan ein.

„Dann nimmst du Mardok und Ottgar und ihr sucht euch ein neues Land, das ihr besiedeln könnt."

„Ich sah in der Kristallkugel schreckliche Dinge", murmelte Rowan.

Zonbuar nickte. „Es stehen uns schlimme Zeiten bevor. Aber ihr spielt noch keine Rolle in ihnen. Eure Aufgabe ist es, so viel zu lernen, dass ihr später ein guter Magier, König und Heerführer werdet."

„Können wir nicht die Geister und die Nachbarn um Hilfe bitten?", schlug Rowan vor.

„Nein, das würde sie mit ins Verderben ziehen", lehnte Zonbuar mit einem ernsten Gesicht ab.

Anschließend schob er sich ein Stück vom Abhang zurück, bevor er aufstand und weitersuchte.

Gegen Mittag machten sie in einer kleinen Mulde kurz unterhalb des Gipfels Rast und Zonbuar zog eine Kristallkugel aus dem Rucksack. Er winkte Rowan an seine Seite und zeigte ihm, wie er bestimmte Orte und Zeiten in der Kugel erscheinen lassen konnte. So erkannte Rowan sich als Baby in Bunduars Hütte, sah König Wilhar als Kind, das von Bunduar unterrichtet wurde. Dann entdeckte er Ottgar bei seiner Hochzeit, später mit einem Sohn.

„Sorge dafür, dass diese Zukunft wirklich eintritt!", legte Zonbuar Rowan ans Herz.

„Was sollen wir machen?", fragte Rowan kläglich. So hilflos hatte er sich noch niemals gefühlt.

„Bringe deine Kameraden in die Felsenburg. Loidin wird sie dann an einem sicheren Ort verstecken. Du selbst musst unbemerkt ins Sumpfland reisen. Zwandir erwartet dich. Er wird deine Ausbildung vollenden."

Rowan zögerte. „Im Ostreich hat die Hexe Sidawa mich gepflegt. Sie und ihre Schülerin Haiwa sind in Gefahr. Ich möchte sie gern in Sicherheit bringen."

Zonbuar schwieg. Er fuhr mit der Hand über die Kristallkugel und schaute hinein. Diesmal konnte Rowan nichts erkennen, denn Zonbuar versperrte ihm den Blick in die Zukunft. Nach einer Weile lächelte der alte Magier. Dann nickte er Rowan zu. „Sei vorsichtig. Rette das Mädchen, die Hexe kennt ihr Los, aber vergiss deine Aufgabe nicht." Er überlegte kurz, dann fuhr er fort:

„Die Klöster in den einsamen Berggegenden sind sicher. Dort kann Haiwa bleiben und lernen. Du musst aber ins Sumpfland reisen." Er erklärte Rowan den

Weg zu einem entlegenen Frauenkloster. Schließlich zog er einen versiegelten Umschlag aus seinem Umhang. „Den gab mir Bunduar für dich. Du sollst ihn Zwandir bringen. Verliere ihn nicht. Er ist wichtig für die Zukunft des Magierreichs."

Rowan nickte und versprach es.

Ernst erklärte Zonbuar: „Du wirst dein ganzes Wissen und deine Ausdauer benötigen, um Zwandir zu erreichen."

Rowan zog fragend seine Augenbrauen hoch. „Werde ich dich wiedersehen?", fragte er leise.

„Nur die Göttin weiß es. – Meine Aufgabe ist es, hier auf dem Berg zu bleiben."

Ohne dass er es näher erläuterte, war Rowan bewusst, dass der berühmte Magier im Notfall das Kloster schützen sollte.

„Ich würde lieber Bunduar bei seiner Aufgabe helfen und auch Herzog Burgwan beistehen, aber die Gefahr ist zu groß, dass dann andere zu Schaden kommen." Zonbuar schaute Rowan traurig an.

Bunduars Enkel fühlte, dass Zonbuar genauso wie er und seine Freunde mit dem Schicksal, das sie zum Nichtstun verdammte, haderte. Niedergeschlagen begab sich Rowan wieder auf die Suche nach essbaren Moosen und Beeren.

5.

Eigentlich wollten sie am nächsten Tag weiter zur Felsenburg reisen, doch Zonbuar hielt sie auf. „Bleibt in der Höhle. Ich habe heute Morgen Drachen am Himmel gesehen."

„Wenn die in der Gegend sind, werden sie sicher jeden Tag auf der Lauer sein und wir werden hier jahrelang festsitzen", regte sich Ottgar auf.

Rowan mustere ihn, in der Dunkelheit konnte er seine Gesichtszüge nur erahnen. Wieder einmal wurde ihm bewusst, wie sehr sich sein Freund in den letzten Jahren verändert hatte. Leider zu seinem Nachteil. Besorgt überlegte er, wie Ottgar einst ein umsichtiger König werden sollte. Hoffentlich lebte Wilhar noch sehr lange, damit Ottgar Zeit hatte, erwachsen zu werden.

„Ich will nach Wanroe!", forderte Ottgar und marschierte zum Höhlenausgang. Inzwischen hatten sich ihre Augen so gut an die Dunkelheit gewöhnt, dass sie ihren Weg fanden, ohne sich an den Wänden entlangzutasten.

Doch Sirii verstellte ihm den Weg. „Du bleibst hier! Bunduar, Salawin, Wilhar, Peruan und meine Mutter, die Elfenkönigin, haben genug Sorgen, da müssen sie sich nicht auch noch über einen verzogenen Thronerben ärgern."

Ohne auf ihn Rücksicht zu nehmen, lief Ottgar weiter und stieß direkt gegen Sirii. Doch der zarte, fast unsichtbare Elf stand wie eine Felswand vor ihm und der junge Mann hatte nicht die Kraft, ihn zur Seite zu schieben oder ihn umzuwerfen.

Rowan und Zonbuar beobachteten die beiden schweigend.

„Du hast Rowan schon genug Ärger gemacht", erklärte Sirii, der die letzten Tage fast ausschließlich mit Rowan gesprochen hatte, deshalb blieb Ottgar auch überrascht stehen. „Was geht es dich an?", fauchte er.

„Sirii hat sein Leben mehrmals aufs Spiel gesetzt, um uns beiden aus der Patsche zu helfen", wandte Rowan ruhig ein.

Verlegen rieb Ottgar die Hand an seinem Gewand.

„Sirii hat Urdin und mich gefunden und zu euch geführt. Er meinte, Rowan hätte keinen Einfluss mehr auf dich. Dein Vater und mein Großvater wären schwer enttäuscht von dir", fügte Mardok hinzu. „Wir werden in den nächsten Jahren genug Schwierigkeiten haben, um zu überleben und später das zerstörte Land wiederaufzubauen."

„Aber ich will doch verhindern, dass es so weit kommt", verteidigte sich Ottgar.

„Nichts kannst du verhindern. Die Götter haben es so für uns vorgesehen", sagte Sirii leise, aber sehr bestimmt.

Zonbuar beobachtete die jungen Leute, hielt sich jedoch mit seiner Meinung zurück. Stattdessen nahm er die geschroteten und eingeweichten Körner, mischte sie mit Ziegenmilch und Früchten und stellte den Kessel mit dem kalten Brei auf den Tisch. Früher hatte er für seine Gäste immer eigene Schüsseln hingestellt, doch hier in der Höhle ging es einfacher zu und alle langten mit ihren Löffeln, die sie an ihren Gürteln trugen, in den Topf.

„Hast du genug Vorräte für den Winter?", fragte Rowan ihn besorgt.

„Nein, ich muss in den nächsten Wochen fleißig Beeren, Nüsse und Pilze sammeln."

„Hast du Getreide?" Rowan erinnerte sich, welche Mengen Feuerholz, Futter für die Tiere und Vorräte sie für Sidawa und Haiwa gesammelt hatten. Wie sollte

Zonbuar solche Mengen allein in seine Höhle schaffen, zumal er alles unbemerkt erledigen musste?

„Seit Wochen sammele und trockne ich Laub und Gras für die Ziegen, aber ich habe noch viel zu erledigen."

„Und wir essen dir dein weniges Getreide weg", meinte Rowan schuldbewusst.

„Wir helfen gern", bot Mardok an. Er legte nach ein paar Bissen seinen Löffel weg. Er wollte Zonbuars Vorräte nicht mehr als unbedingt nötig beanspruchen.

„Ihr helft mir, wenn ihr euch ruhig verhaltet. Ich habe eine andere Aufgabe als eure Väter und kann keine verräterischen Unternehmungen gebrauchen."

Nach dem Essen spülten sie ihre Löffel im unterirdischen Bach und Rowan kümmerte sich um die Ziegen, die ebenfalls nicht hinausdurften. Als er damit fertig war, fand er Zonbuar in einer Höhle hinter dem See. Tropfsteine hingen von der Decke und gaben ihr ein befremdliches Aussehen.

Zonbuar war tief versunken und Rowan setzte sich hinzu und wandte sich nach innen. Erst als Zonbuar sich rührte, fragte er: „Kann ich helfen? Kann ich dem Kloster nützlich sein?"

„Nein, du würdest dich dabei verraten. Ihr müsst ein paar Jahre unsichtbar bleiben, sonst war alles umsonst." Nach einer Pause fuhr er fort: „Ich habe versucht, den Klosterbewohnen Kraft zu geben. Sie bewachen die dunkle Macht in der Erdspalte. Sobald die freigesetzt wird, wird das Magierreich zerstört werden."

„Dann hätte Ottgar aber recht. Dann wäre es sinnvoller, wenn wir euch jetzt helfen würden, statt auf eine ungewisse Zukunft zu warten."

Zonbuar sah ihn lange nachdenklich an. „Die Kristallkugel sagt eine andere Zukunft für euch voraus. Dieser Voraussage gehorchend hat Bunduar für uns alle die Aufgaben verteilt. Deine ist es, im Sumpfland alles zu lernen, was es für einen Magier zu lernen gibt."

„Ich dachte immer, Bunduar hätte mir das meiste beigebracht, was er beherrscht, aber jetzt erkenne ich, wie viel ich noch bei ihm lernen könnte", stieß Rowan bedauernd hervor. Er hatte wirklich immer fleißig gelernt, auch wenn er sich häufig geärgert hatte, dass er nur selten mit seinen Kameraden die ritterlichen Fähigkeiten, wie Reiten, Bogenschießen und Schwertkampf, üben durfte. Doch wie gern würde er jetzt mehr von seinem Großvater lernen.

„Die Zeit ist euch leider nicht gegeben", sagte Zonbuar.

Rowan schluckte. Seine Vorausahnungen, die Visionen, die er in der Kristallkugel sah, waren also richtig.

„Lass dich, lasst euch nicht unterkriegen. Tapfere Magier und Krieger ertragen Schmerz und Leid und stehen nach Niederlagen mannhaft immer wieder auf."

Rowan nickte langsam.

„Und sie erfüllen ihre Pflicht, auch wenn es Schmerz und Trauer bedeutet."

„Werde ich dich widersehen?", fragte Rowan beklommen, in der Hoffnung, dass Zonbuar seine eigene Zukunft in der Kristallkugel erkannt hatte.

„Das liegt in der Hand der Göttin", antwortete der Magier aber wieder nur.

Sie blieben in der Höhle und versuchten, mit Spinnwirtel aus den Ziegenhaaren, die Zonbuar gesammelt hatte, Fäden zu spinnen. Urdin beherrschte es schon recht gut. „Ich habe als Kind zugesehen, wie meine Mutter es meinen Schwestern beibrachte, und es heimlich auch probiert. So lange, bis mein Vater dahinterkam und es mir verbot."

Die anderen lachten, ließen es sich dann aber von ihm zeigen.

Bald hatten sie es ebenfalls heraus, auch wenn das Ergebnis nicht mit den gleichmäßigen Fäden der Frauen mithalten konnte.

Später ging Rowan zu den Ziegen und bürstete sie. Die Haare, die er ausbürstete, sammelte er ein und legte sie in einen Jutesack.

Am nächsten Tag hatte Zonbuar die Höhle verlassen, bevor sie aufwachten. Sie aßen die Breireste vom vorigen Tag. Da Sirii versprach, auf die Kameraden aufzupassen, verschwand Rowan mit einem Jutesack in die hinteren Höhlen. Hier fand er, wie er vermutet hatte, einen zweiten Ausgang. Vorsichtig lauschte er, versuchte, seine Aufmerksamkeit auf die Umgebung zu richten und zu spüren, ob Gefahr drohte. Erst danach schob er sich vorsichtig durch den schmalen Eingang. Er befand sich in einem kleinen Tal, das von hohen Felsen umringt war. Die Wiese war abgeweidet. Also ließ Zonbuar die Tiere sonst hier grasen.

Da er sich sorgte, dass die Drachen ihn entdecken konnten, zog er sich schnell wieder in die Höhle zurück und durchsuchte sie gründlich. Er fand zwei weitere Ausgänge – der eine öffnete sich zu dem Wald, der bis ins Tal hinabreichte, und der andere nach oben zu einer Hochebene. Der Durchfluss des Wasserlaufs war zu schmal, um hindurchzugelangen. Vier Eingänge, die auch Feinde einlassen würden. Rowan sorgte sich immer mehr um Zonbuar. Wie sicher war sein Freund hier? Besaß er vielleicht einen weiteren Unterschlupf?

Zonbuar kehrte am Abend nicht zurück. Rowan spürte, dass der Meister sich den fremden Mächten, die das Kloster entdeckt hatten und angriffen, widersetzte. Doch die heiligen Männer und Frauen leisteten Widerstand. Sie kämpften nicht mit Waffen, sondern indem sie die Göttin um Hilfe anflehten und eine geistige Mauer vor dem Kloster errichteten. Noch war dieser Wall widerstandsfähig, sicher auch dank Zonbuars Unterstützung.

„Wir müssen die Ziegen ins Freie lassen, wir können doch nicht den Wintervorrat Heu schon jetzt verfüttern", meinte Mardok vor dem Schlafengehen.

Rowan nickte. „Ich habe mir schon Gedanken gemacht. Wir werden die Ziegen mit Lehm bestreichen, damit sie von weitem wie Bergziegen aussehen."

„Und wer hütet sie?", fragte Ottgar.

„Niemand, wir würden zu sehr auffallen. Wir müssen darauf vertrauen, dass ihnen nichts passiert und dass sie zurückkommen."

„Und wie willst du Zonbuar erklären, dass seine Ziegen weg sind?", meinte Ottgar spitz.

„Die Ziegen kommen wieder, wenn sie gerufen werden. Ich hoffe, dass es hier in dieser Gegend keine Raubtiere gibt und die Drachen weitergezogen sind."

Ottgar sah sehr unzufrieden aus. Schließlich einigten sie sich, dass Ottgar, Mardok und Urdin abwechselnd am Höhleneingang mit Pfeil und Bogen wachten, damit die Tiere beschützt wurden.

„Ruft sie, wenn sie zu weit weglaufen. Aber verlasst die Höhle nicht. Ich verlasse mich auf euch!", mahnte Rowan. „Es geht nicht nur um unser Leben, sondern auch um Zonbuars!"

Er selbst schlich sich am nächsten Morgen noch in der Dunkelheit aus der Höhle, dafür wählte er den Ausgang zum Wald hin. Er spürte, dass in der Nähe keine Gefahr drohte. Die Feinde waren mit Ranhoe und dem Kloster beschäftigt. Trotzdem versuchte er, seine Spuren möglichst zu verwischen.

Aufmerksam auf Feinde achtend suchte er Pilze, Früchte, Nüsse, Wurzeln und Kräuter im Wald.

Gegen Mittag beunruhigte ihn etwas. Er befand sich am Rand einer kleinen Lichtung, wo besonders viele Beerensträucher wuchsen. Schnell duckte er sich unter einem dichten Busch. Gerade rechtzeitig, um sich vor zwei Drachen, die über das Hochplateau und die Höhle strichen, zu verstecken. Besorgt hielt er sogar die Luft an. Aber die Ungeheuer beachteten ihn nicht, sondern flogen zum Kloster weiter. Sorgenvoll folgte Rowan ihnen mit seinen Blicken. Hoffentlich entdeckten sie Zonbuar nicht.

Erst nachdem es eine Weile ruhig war und die Vögel wieder sangen und er sogar zwei kleine Elfen singen hörte und tanzen sah, traute er sich aus seinem Versteck heraus und sammelte weiter Vorräte für Zonbuar.

Nachdem es zu dunkel zum Suchen wurde, ließ er sich am Fuß des höchsten Baumes nieder. Er versenkte sich in sein Inneres. Erst als er völlig versunken war, rief er den Baumgeist.

„Du solltest nicht hier sein", mahnte der Geist.

„Warum?"

„Weil es zu gefährlich ist, unsere Feinde sind in der Nähe", sprach der Baum mit seiner tiefen Stimme.

„Wo genau?", wollte Rowan wissen.

„Rund um das Kloster."

„Auch auf dem Plateau darüber?", fragte Rowan beklommen.

„Nein, noch nicht. Zonbuar schützt das Plateau vor den Fremden. Aber oberhalb des Plateaus lagert eine starke Gruppe Echsenkrieger. Das ist für dich nur ein kurzer Fußmarsch."

Rowan war überrascht. „Ich spüre sie nicht." Dann überlegte er. Die Feinde sammelten ihre Macht bei dem uralten heiligen Felsen und beim Kloster, das war sicher der Grund, warum er sie nicht wahrnahm. Sie kämpften darum, die gefangenen Geister der Unterwelt zu befreien.

„Bunduar hat uns alle gebeten, auf euch junge Leute aufzupassen. Er war sicher, dass ihr seinen Anweisungen nicht gehorcht und irgendwann hier auftauchen würdet."

Rowan grinste, obwohl er errötete. „Ich bin nicht schuld, dass wir hier sind."

„Du passt auf den jungen Königssohn auf. Du bist für ihn verantwortlich!", ermahnte ihn der Baumgeist.

Rowan murmelte etwas Zustimmendes. „Könnt ihr Zonbuar helfen?", bat er.

Der Baumgeist lachte leise. „Das tun wir die ganze Zeit. Die Bäume haben Laub abgeworfen, der Regengeist hat Wasser gespendet, damit der Boden glitschig wird. Schwergerüstete Wesen können da nicht laufen. Ein paar Feinde sind abgestürzt. Der Felsengeist hat seine lockeren Steine abgeworfen und eine Reihe Echsen getroffen und niedergestreckt. In der Nacht werden die Tiere die Feinde angreifen. Schlangen haben die Gegner gebissen, die Waldlöwen werden die feindlichen Krieger überfallen. Selbst die Bären eilen zu Hilfe."

Rowan spürte, wie sein Inneres vor Dankbarkeit warm wurde. „Ich danke euch für eure Hilfe."

„Wir werden Bunduar und die Seinen weiterhin unterstützen, aber ihr müsst euch in Sicherheit bringen, sonst war alles umsonst."

Rowan versprach es ihm.

„Die Geister und die Göttin werden dich beschützen", beteuerte der Baumgeist.

Inzwischen war es ganz dunkel und Rowan hörte die Tiere rundherum. Wölfe, Waldlöwen, Eulen. Mit einer Fledermaus stieß er fast zusammen. Im letzten Augenblick wechselte das Tier die Richtung. Er bemühte sich, so wenig Spuren wie möglich zu hinterlassen. Der Himmel war wolkenverhangen. In der Ferne blitzte und donnerte es. Das Gewitter näherte sich schnell und er beeilte sich, zur Höhle zurückzugelangen. Die Spuren würde der Regen sowieso verwischen. Bevor der Wolkenbruch niederging, schlüpfte er in die Höhle.

„Wo warst du so lange?", rief Ottgar. Er klang verärgert. „Du verbietest uns, die Höhle zu verlassen, gehst aber selbst hinaus."

„Ich weiß, aber ich war vorsichtig und habe alle meine Kräfte benötigt, um der Gefahr auszuweichen. Die Feinde sind kurz unterhalb der Höhle, aber die

Geister haben mich beschützt und der Regen wird meine Spuren verwischen."

„Wird Zonbuar zurückkommen?", fragte Mardok.

„Ja, aber es kann ein paar Tage dauern. Wir müssen in der Höhle bleiben, es wimmelt hier vor Feinden."

Er holte alles, was er gesammelt hatte, aus dem Sack und fing an, die Pilze im Schein des Leuchtsteins zu putzen. „Wir müssen sie roh essen." Er reichte sie seinen Freunden. Die übrigen fädelte er auf eine Schnur auf, kletterte auf einen Felsvorsprung und hängte sie an die Wand. Oben herrschte ein stärkerer Luftzug, der sie trocknen würde. Anschließend verfuhr er mit den Früchten und Kräutern genauso. „Sobald die Sonne scheint, werde ich sie hinausbringen."

Am nächsten Tag regnete es noch immer. Rowan freute sich darüber. Der Regen würde seinen Freunden helfen.

6.

Am Abend des dritten Tags kam Zonbuar zurück. Er legte sich, ohne etwas zu sagen auf sein Lager und schlief.

Am Morgen schimpfte er Rowan aus. „Ich hatte doch gesagt, ihr sollt in der Höhle bleiben!"

„Die Ziegen brauchten frisches Gras und wir etwas zu essen", verteidigte sich Rowan.

„In der Nebenhöhle lagern Vorräte!"

„Die du für den Winter benötigst."

„In drei Tagen wärt ihr nicht verhungert."

Rowan lachte. „Nein, aber ich dachte, wir könnten uns wenigstens ein bisschen nützlich machen."

„Wir haben weiter Wolle gesponnen und aus der Milch Käse gemacht", versuchte Mardok Zonbuar abzulenken.

Rowan reichte dem Magier Pilze und Wurzeln. „Was ist mit dem Kloster?"

„Die Feinde sind abgezogen. Sie konnten sich bei dem Wetter nicht auf den Abhängen halten. Aber es ist nur ein Aufschub."

„Und wie steht es um Ranhoe?"

Zonbuar schwieg.

„Der Regen wird auch Ranhoe geholfen haben", meinte Ottgar. Und Rowan nickte, obwohl er seine Zweifel hatte.

Nach dem Essen wies Zonbuar die jungen Männer an, auf dem kürzesten Weg zur Felsenburg zu reiten.

„Laufen wir dabei nicht den Feinden in die Hände", zweifelte Rowan. Er dachte an die Drachen, die er gesehen hatte.

„Nein, momentan sind sie alle bei Ranhoe versammelt."

Die jungen Männer murmelten zustimmend.

„Ihr holt eure Pferde und reitet nicht durch das Haupttal, sondern durch das Seitental und dann weiter durch den Wald. Der Weg, den du als Kind geritten bist. Sirii wird euch führen."

Rowan nickte. Er erinnerte sich noch gut an die Strecke und er war sich sicher, dass auch sein Zauberpferd Scharus sich noch an den Weg erinnerte.

Die jungen Männer packten schnell ihre Sachen zusammen, dann brachen sie auf. Für einen wortreichen Abschied reichte die Zeit nicht.

„Ich bleibe hier, werde euren Weg aber überwachen. Wehe, wenn ihr meinen Anweisungen nicht gehorcht." Streng schaute Zonbuar Ottgar dabei an.

Der sank ein klein wenig in sich zusammen und wirkte nicht mehr wie ein selbstüberschätzender, verzogener Prinz.

Die Freunde versprachen es und dankten ihm. Rowan umarmte ihn. „Ich hoffe, wir sehen uns wieder." Ihm war schwer ums Herz. Wie viele ungewisse Abschiede müsste er noch nehmen? Würde das Magierreich, das er kannte, in ein paar Jahren noch existieren?

Sie beeilten sich auf ihrem Rückweg den Berg hinab. Selbst am Wasserfall hatte Rowan keine Zeit, um mit dem Geist zu sprechen. Aber er warf ein paar Früchte hinein und murmelte einen leisen Gruß.

Den Abstieg schafften sie schneller, weniger, weil sie bergab marschierten, sondern mehr, weil ihre Sorge sie nicht innehalten ließ, bis sie die Pferde erreicht hatten. Rowan hatte auf dem Weg ein paar essbare Pflanzen gepflückt und auch in dem Tal, in dem die Pferde weideten, fand er noch einige Gewächse.

„Wir übernachten hier", bestimmte er.

„Aber wir können noch zwei Stunden weiterreiten", widersprach Mardok.

„Dann müssen wir im Dunkeln ein sicheres Lager suchen. Es ist besser, wir bleiben und brechen im ersten Morgengrauen auf."

Damit waren alle einverstanden und sie losten die Wachen aus, bevor sie sich schlafen legten.

Rowan hatte die letzte Wache. Normalerweise liebte er es, allein in der Natur zu sein, egal zu welcher Tageszeit. Nachts lauschte er den Rufen der Eulen, dem Rascheln des Laubs, wenn die Mäuse herumhuschten, dem Schrei des Waldlöwens. Er erfreute sich am Glanz der Sterne, an dem Spiel der Wolken am dunklen Himmel und den schwarzen Silhouetten der Bäume. Doch diesmal hörte er nicht das Murmeln der Geister, den Gesang und das Gelächter der Feen, selbst die Tiere und der Wind schwiegen. Niedergedrückt sann er über die Lage seiner Heimat nach. Über das Elend, welches der gesamten Bevölkerung und auch den Freunden, den Feen, Elfen und Naturgeistern, drohte. Lange bevor die Sonne aufging, sattelte er die Pferde und weckte seine Kameraden. Nachdem sie den Felsen am Eingang der Schlucht weggerollt hatten, ritten sie los. Noch vor Sonnenaufgang erreichten sie das Seitental und sobald es hell genug war, galoppierten sie am Bach entlang.

Sirii und seine Gefährten waren seit Tagen verschwunden, aber Rowan spürte, dass sie sich in der Nähe befanden. Wahrscheinlich suchte der Elfenprinz als Vorhut den Weg ab, um sie rechtzeitig zu warnen.

Dadurch, dass sie das Nebental genommen hatten, benötigten sie die Fähre nicht, auf der Bunduar auf ihrer Reise nach Cajan zum ersten Mal von den Fremden erfahren hatte. Stattdessen ritten sie durch eine Furt. Zum Glück schien die Sonne und trocknete ihre Beinkleider schnell.

Am Ende des gegenüberliegenden Tals führte ein schmaler Pfad in den Wald hinein. Sanft stieg er an. Um sie herum standen alte, mächtige Bäume. Rowan fühlte sich zum ersten Mal seit Tagen wohl. Hier war er behütet und von Freunden umgeben. Wie lange würde diese freundliche Welt noch bestehen?

Gegen Mittag rasteten sie, weil die Pferde eine Pause brauchten. Mardok und Ottgar nahmen Pfeil und Bogen, um zu jagen.

„Bleibt bitte in Rufweite, falls etwas passiert", bat Rowan, doch er rechnete mit keiner Gefahr, sonst hätte Sirii sie längst verständigt.

Die beiden Jäger kamen bald mit einem Hasen, den sie erlegt hatten, wieder. Anschließend brachen sie auf, denn sie wollten das Tageslicht nutzen. Im Wald würde es früh dunkel werden. Tatsächlich erreichten sie die Köhlerhütte, die ihr Ziel war, nicht mehr. Vorsichtshalber suchten Mardok und Urdin die Umgebung ab und Rowan sprach mit dem Bachgeist, bevor sie ihr Lager aufschlugen und ein kleines Feuer entzündeten, um den erlegten Hasen zu garen.

Flüsternd unterhielten sie sich. Mardok erzählte von dem Leben bei Fürst Xandril, von den Rittern, die er kennengelernt hatte, und der Schlacht gegen eine Gruppe Verräter des Ostreichs, in der er mitgekämpft hatte. Er schob seinen Ärmel hoch und zeigte eine Narbe auf dem Unterarm, die noch immer rot und geschwollen war. „Ein Lanzenstich. Er zielte auf mein Herz, mein Schild war schon längst zerbrochen. Ich konnte die Lanze im letzten Augenblick mit dem Arm abwehren, dabei schnitt mich die Klinge."

„Hast du als Knappe von Ritter Xandril gekämpft?", fragte Ottgar gespannt.

Mardok nickte. „Die beiden älteren Knappen waren gefallen, als sie ihn schützten. Nur ich befand mich noch an seiner Seite."

„Gegen wen habt ihr gekämpft?", fragte Rowan. „Wer hat deine Wunde versorgt?"

70

„Hexe Navra. Sie war uns hinterhergeritten, um uns beizustehen. Dank ihrer Fürsprache begann es rechtzeitig zu regnen. Dadurch konnte Fürst Xandril den Geländevorteil nutzen und das Heer von Herzog Wrandun, einem Vetter von König Kustin, vertreiben. Dieser sollte auf Befehl von Prinz Hrodwal den nördlichen Teil des Ostreichs einnehmen und dadurch die Verbindung des Königs zum Nachbar Llyllia abschneiden. Als Lohn sollte Wrandun das Land des Fürsten als Lehen erhalten."

„Fürst Xandril ist ein Getreuer des Königs", murmelte Rowan.

„Er ist treu und ehrlich. Wäre er gefallen, hätte der König die nördliche Grenze nicht mehr halten können", bestätigte Mardok.

„Wann war das?", fragte Rowan.

„Vor drei Monden", erklärte Mardok.

Rowan rieb seine Hände aneinander. „Kurz bevor Prinz Hrodwal sich offen gegen seinen Bruder erhob – und die Echsen und Drachen die Burgen im Magierreich angriffen."

„Ein schlimmer Zufall", meinte Ottgar. Er bückte sich zum Feuer und nahm den Hasen vom Spieß. Es roch verführerisch nach Fleisch. Rowan hoffte, dass sie damit weder Raubtiere noch Echsenkrieger anlockten.

Ottgar zerlegte den Hasen. Ein Blick zu Rowan genügte, um ihn nur in drei Teile zu zerstückeln. Während sie mit ihren Messern das Fleisch herunterschnitten, zog Rowan ein paar Blätter aus seinem Beutel und aß sie.

„Unsere Magier sind wie Kühe, sie essen nur Grünzeug", sagte Ottgar spöttisch zu Urdin.

Rowan lachte. „Wenigstens leben wir länger als Kühe."

Nachdem sie die Wachen verteilt hatten, legten sie sich zur Ruhe, da sie schon früh aufbrechen wollten.

Am nächsten Tag kamen sie nicht mehr so gut voran. Der Pfad wurde schmaler und steiler, bis sie endlich auf einen breiteren Weg stießen.

„Bald erreichen wir die Köhlerhütte", erklärte Rowan. Er spürte ein Ziehen im Magen. Auch Scharus ließ sich nur widerwillig vorwärtstreiben. Aufmerksam beobachtete Rowan die Umgebung, lauschte und bat schließlich seine Kameraden, still zu sein. Er sog die Luft ein. Von dem Meiler war nichts zu riechen. Beunruhigt hob er die Hand und hielt an.

„Wartet", wisperte er und kletterte auf einen Baum.

Als er wieder herunterkam, legte er einen Finger auf die Lippen und führte sein Pferd tief in den Wald hinein. Im Gänsemarsch folgten ihm seine Gefährten mit gezückten Schwertern.

Rowan umrundete die Köhlerhütte in großer Entfernung.

„Was ist mit dem Köhler?", flüsterte Mardok gespannt, als Rowan endlich wieder aufsaß.

„Keine Ahnung, aber in der Hütte befanden sich mehrere Echsenkrieger. Ich habe sechs Reittiere auf der kleinen Weide gezählt."

„Wir hätten sie überfallen und umbringen sollen", knurrte Ottgar.

„Dadurch hätten wir uns verraten", meinte Rowan nur und schnalzte mit der Zunge, damit sein Pferd in einen zügigen Trab fiel.

„Es wären sechs Gegner weniger gewesen!", ärgerte sich Ottgar.

„Die Echsenwesen können sich irgendwie über größere Entfernungen verständigen. Es muss so ähnlich sein, als wenn ich mit den Naturgeistern spreche." Wollte oder konnte Ottgar das nicht verstehen? Langsam verlor Rowan die Geduld mit seinem Kameraden.

Über die merkwürdigen Fähigkeiten der Feinde sprachen seine Gefährten während der nächsten Stunden. Sie konnten es sich nicht vorstellen, nicht verstehen. Rowan durfte ihnen nicht zu viel erzählen, schließlich hatte er im Kloster Eichenborn geschworen, die Kunst der Gedankenübertragung nicht zu missbrauchen und niemandem davon zu erzählen.

Schon früher war ihm aufgefallen, dass die Echsen und Drachen sich irgendwie über weite Strecken benachrichtigten, in den letzten Wochen war es besonders auffällig gewesen, wie schnell sie Ottgar und ihn wiederfanden. Anscheinend waren sie in der Lage, Gedanken zu übertragen.

Die jungen Männer rasteten kurz vor dem Moor, wo Rowan sich damals vor den Echsenkriegern versteckt hatte. Sirii, der inzwischen wieder aufgetaucht war, kannte den Knüppeldamm und führte sie sicher hindurch. Inmitten des Moors befand sich eine kleine Sandinsel.

Rowan hielt an und ließ seine Kameraden weiterreiten. „Ihr wartet auf der Lichtung am Ende des Damms, dort können die Pferde weiden und ihr könnt euch erholen, bevor wir das letzte Stück in Angriff nehmen."

Sie nahmen sein Pferd mit. Derweil setzte er sich in den Schneidersitz und versuchte, ruhig zu werden und sich zu versenken. Als er die Außenwelt ausgeschlossen hatte, tauchte der Moorgeist zwischen Grasbüscheln auf. Ein Greis mit einem runzeligen, bärtigen Gesicht.

„Rowan, sei gegrüßt!", murmelte er undeutlich.

„Sei gegrüßt, Geist des Moors! – Was ist mit dem Köhler passiert?", fragte er gleich. Er hatte keine Zeit, die üblichen Redepausen einzuhalten und sich mit Höflichkeitsfloskeln aufzuhalten. Aber die Naturgeister würden es hoffentlich verstehen.

„Er ist mit seiner Familie rechtzeitig geflohen. Die Tiere haben ihn gewarnt. Jetzt lebt er in den Wäldern beim Sumpfland."

Erleichtert atmete Rowan auf. „Seit wann sind die Echsenwesen hier?"

„Erst seit ein paar Tagen. Vorher waren sie monatelang verschwunden. Irgendjemand hat ihnen verraten, dass ihr hier vorbeikommt." Sie schwiegen eine Weile. Dann fuhr der Geist fort: „Sie suchten dich schon vor Jahren, als du in der Gegend weiltest. Damals durchstreiften sie die Gegend, um dich und Bunduar zu töten."

Während der Moorgeist wieder schwieg, erinnerte sich Rowan, wie er auf dem Weg zur Felsenburg mehrmals den Echsenkriegern begegnet war. Schon damals auf dem Weg zur Felsenburg hatte er sich vor ihnen versteckt.

Später hatten sie ihn stets nach einer Weile gefunden und angegriffen. Immer wieder hatte er dadurch seine Gastgeber in Gefahr gebracht. Er grübelte, sicher hatte Bunduar es schnell bemerkt. Er selbst war noch zu jung und unerfahren gewesen. Nur ins Ostreich waren sie ihm nicht gefolgt. Warum? Würde er im Sumpfland sicher sein? Zwandir war ein sehr mächtiger Magier und das Land galt als unwegsam und uneinnehmbar.

Schließlich sprach der Geist erneut: „Du musst den Weg versperren."

„Wenn ich den Damm zerstöre, können auch unsere Leute nicht mehr durch das Moor fliehen", gab Rowan zu bedenken. Er hatte es selbst schon überlegt, den Gedanken aber wieder verworfen.

„In dieser Gegend lebt kein Mensch mehr."

„Wer hat den Feinden unseren Weg offenbart?" Rowan überlegte schon seit Tagen, ob die dunkle Macht sogar ihre Gedanken lesen konnte und dadurch ihre Spuren immer wiederfand.

„Es gibt leider Geister, die den dunklen Mächten anhängen und ihnen helfen."

Das klang anders, als er bisher vermutet hatte und stellte eine große Gefahr dar. Rowan bedankte sich und bat den Geist, ihm weiterhin zu helfen. Als er aus seiner tiefen Versenkung auftauchte, saß ein großer Rabe vor ihm.

Rowan grüßte und lächelte ihn an. Daraufhin begann der Gefiederte zu sprechen:

„Die Fremden sind euch auf der Spur. Sie werden den Damm bald erreichen."

Rowan bedankte sich. „Könnt ihr sie ablenken?", bat er.

„Wie?", fragte der Vogel.

„Verstehen sie euch?"

„Kann sein", überzeugt klang der Rabe nicht.

„Dann sagt ihnen, dass wir Richtung Süden reiten. Wir wollen durch die Steppe ins Südreich. Durch die wird uns keiner folgen, weil es zu gefährlich ist."

„Ich spreche mit meiner Familie. Wir werden so tun, als ob ihr uns aufgescheucht hättet", erklärte der Rabe und schaute Rowan mit klugen Augen an.

Rowan bedankte sich und schenkte ihm den restlichen Käse. Anschließend opferte er dem Moorgeist ein paar Nüsse. Leider hatte er selbst nur noch wenige Vorräte und konnte seine Dankbarkeit nicht so zeigen, wie er es gewünscht hätte.

Leichtfüßig eilte er über den Damm zu seinen Freunden.

„Zieht die Pferde unter die Bäume und versteckt sie", wies er Urdin und Ottgar an. Er selbst lief mit Mardok ein Stück zurück, dann machten sie sich an die Arbeit, den Damm zu zerstören. Sie rissen die Knüppel heraus und schleuderten sie weit ins Moor.

„Das reicht", meinte Mardok und band seine langen dunklen Haare, die ihm immer wieder ins Gesicht fielen, mit einer Schnur zurück.

Aber Rowan zerrte noch mehr Äste aus dem Damm heraus. „Wir können ein paar Schritte überspringen, aber ein Pferd noch mehr", meinte er nur und Mardok half ihm weiterhin. Immer wieder sah er auf, ob die Feinde schon in Sichtweite waren.

„Sie können uns hier eher sehen als wir sie", meinte Rowan achselzuckend.

„Ich weiß, aber ich will nicht überrascht werden", erklärte Mardok und schaute sich erneut suchend um.

Nach einer Weile bemerkte er: „Es sieht aus, als würden sie in die entgegengesetzte Richtung reiten. Da fliegen Vögel auf."

Rowan grinste. Der Rabe hielt sein Versprechen. „Hoffentlich. Wenn sie uns hier hören oder sehen, hilft es nicht."

„Was soll helfen?", fragte Mardok erstaunt.

„Die List der Waldtiere." Rowan wischte sich mit dem Ärmel den Schweiß von der Stirn. Ächzend richtete er sich auf. „Das sollte reichen", sagte er schließlich, während er die Lücke im Damm betrachtete.

Das Moor blubberte, warf Blasen.

„Lass uns gehen", drängte Mardok. „Bevor der Moorgeist nach uns greift. Wir verändern sein Reich." Er fasste nach Rowans Arm und zerrte ihn zu den Freunden.

Am Ende des Damms schaute sich Rowan noch einmal um. „Der Moorgeist hilft uns", erklärte er erleichtert. Der Damm war fast bis zur Insel von Schlamm bedeckt und nicht mehr zu sehen. Dazu kam Nebel auf. Die Wettergeister unterstützten sie ebenfalls, sich zu verstecken.

„Habt Dank!", rief der junge Magier leise und stimmte ein Dankgesang an.

„Bist du verrückt, die Echsen hören dich", fuhr Mardok ihn an.

„Der Nebel dämpft die Geräusche und der Weg besteht nicht mehr."

Da erst drehte sich Mardok um und staunte. „Wir haben doch nur ein kleines Stück zerstört. Was ist mit dem Rest passiert?"

Rowan lachte. „Wir haben Freunde und Helfer."

Sie ritten langsam durch den Nebel, bis sie einen Bach erreichten, der sich zu einem kleinen Teich weitete.

„Ein guter Platz, um uns zu erholen", meinte Rowan nach einem schnellen Blick über die Gegend. Er stieg ab, tränkte Scharus, dann entkleidete er sich und badete. Die anderen folgten seinem Beispiel. Anschließend aßen sie und gönnten sich etwas Ruhe.

Erholt ritten sie danach weiter durch die Wälder. Es wurde spät, doch da sie nahe der Felsenburg waren, verzichteten sie auf ein erneutes Nachtlager. Nur den Pferden gönnten sie Erholung, indem sie zwischendurch absaßen und die Tiere führten. Es tat Rowan leid, seinen alten, treuen Kameraden Scharus so zu überanstrengen, aber er fühlte immer noch eine Bedrohung.

Erst als sie die Ebene vor der Felsenburg erreichten, verließen sie den Wald, und nahmen den kürzesten Weg zur Burg. Weiterhin waren sie in weißen Nebel gehüllt. Den steilen Weg den Berg hinauf, führte Rowan sein Pferd erneut am Zügel. Das Burgtor war schon lange geschlossen, als sie ankamen. Doch Rowan rief laut nach dem Burgherrn und verlangte Einlass. Da die Wachen ihn gleich erkannten, öffneten sie das Tor.

Zum ersten Mal seit dem Aufbruch von Sidawas Hütte fühlte sich Rowan sicher, denn Loidin empfing sie herzlich.

Ottgar gab sich, wie vorher auf dem langen Ritt besprochen, als Knappe Weiman aus dem Ostland aus. Um keinen Fehler zu machen, hielt er sich sehr zurück. Rowan staunte darüber. Nach seinen Erfahrungen mit Ottgar während ihrer gemeinsamen Reise hatte er ihm solche Vorsicht nicht mehr zugetraut.

Mardok gab sich als Ritter Riccardin aus Llyllia aus. Er erzählte von der Falkenjagd in Llyllia und der großen Sonnenwendfeier, die jedes Jahr stattfand.

Loidin musterte die beiden schweigend. „Ich habe gerade meinen Neffen zu Besuch. Er hat einige Zeit am Königshof von Llyllia gelebt." Rowan war sofort klar, dass er seine Freunde erkannt hatte. Hoffentlich war er der Einzige, der ihr Versteckspiel durchschaute.

Mardok zuckte nicht mit der Wimper. „Ich bin eine Weile in Cajan gewesen und auch im Magierreich. Eigentlich wollte ich zu König Kustin weiterziehen, aber ich möchte nicht in den Streit um den Thron hineingezogen werden."

Am nächsten Tag ergab sich für Rowan die Gelegenheit, allein mit Loidin zu sprechen. Er hatte nach den Pferden geschaut, die erschöpft waren und ein paar Ruhetage benötigten.

Loidin stand bei seinem Hengst und nickte Rowan zu. „Dein Scharus ist sehr erschöpft. Für solche Gewaltritte ist er viel zu alt."

Rowan nickte. „Ich mochte ihn nicht zurücklassen. Ich hänge sehr an ihm." Er nahm eine Bürste und striegelte das Pferd. „Haben die Echsenkrieger euch wieder angegriffen?", fragte er nach einer Weile.

„Nein, sie wissen wohl, wie schwierig es ist, diese Burg zu erobern."

„Ranhoe wird sich nicht mehr lange halten können", meinte Rowan niedergeschlagen.

„Habt ihr die Burg gesehen?" Loidin schaute Rowan aufmerksam an.

„Wir sahen sie aus der Ferne. Sie wird von einem riesigen Heer belagert. Wir hätten nicht helfen können. Außerdem will Bunduar, dass wir uns in Sicherheit bringen."

Loidin nickte. „Bei mir seid ihr sicher, noch einmal werden sie die Felsenburg nicht angreifen, dafür waren ihre Verluste zu groß."

7.

Am Nachmittag erfasste Rowan eine Unruhe, die er sich nicht erklären konnte. Auch in der Nacht konnte er nicht schlafen und wälzte sich herum. Sobald er wegdämmerte, erschien immer wieder das Bild von Sidawas Hütte vor seinen Augen. Hrodwals Helfer drangen in die Klause ein und folterten die Hexe. Schließlich ließen sie die schwer verletzte Frau liegen und setzten die Berghütte in Brand. Von ihren gellenden Schreien schreckte Rowan schweißüberströmt hoch.

Haiwa entdeckte er in dieser Erscheinung nicht. Wo war das Mädchen? Was war mit ihm geschehen? Besorgt holte er die Kristallkugel hervor und schaute hinein. Aber auch in ihr entdeckte er sie nicht.

Am Morgen beschloss er, zum Ostreich zurückzureisen. Die beiden Frauen hatten sein Leben gerettet. Ihn gepflegt, als er verletzt war. Er konnte sie nicht ihrem Schicksal überlassen.

Beim Frühstück setzte er sich neben Loidin und sprach ihn an.

„Ich muss noch einmal ins Ostreich zurück und meine Freunde dort in ein sicheres Versteck bringen."

„Das wird Bunduar nicht gefallen", ermahnt der Burgherr ihn.

„Ich weiß, aber es muss sein." Rowan lächelte. „Ich habe es in der Kristallkugel gesehen."

Loidin schaute eine Weile nachdenklich ins Feuer. „Ich gebe dir ein schnelles Pferd. Sei aber vorsichtig. Reite am besten durch Llyllia."

Rowan nickte. „Ich werde das Magierreich meiden. Die Feinde scheinen überall zu sein."

Loidin versprach, auf seine Freunde aufzupassen. „Sie sind hier sicher. Außer mir und meiner Frau hat sie niemand erkannt."

Natürlich passte es Ottgar gar nicht, dass Rowan allein zurückritt. „Wir sollen doch zusammenbleiben."

„Ich weiß, aber mir ist es wichtig, Sidawa, Wudon und Haiwa zu retten. Ihr seid hier in Sicherheit."

„Während du dich in Gefahr begibst", schimpfte Ottgar.

„Allein ist es für mich viel einfacher. Ein Einzelner wird nicht so schnell entdeckt und kommt schneller voran."

„Wir haben euch gerettet", mahnte Mardok. Rowan spürte, wie besorgt sein Freund war.

„Ich werde die Gegner meiden. Die Geister werden mich rechtzeitig vor ihnen warnen. Ihre Stimmen kann ich viel besser wahrnehmen, wenn ich allein bin."

Er ließ sich nicht überreden zu bleiben. Ernst sah er Ottgar in die Augen. Zum ersten Mal versuchte er, die Gedanken seines Freundes zu beeinflussen, obwohl er sich dabei schuldig fühlte. Es wirkte, Ottgar nahm nach einer Weile seine Entscheidung hin, sodass Rowan ihm und Mardok das Versprechen abnehmen konnte, bei Loidin in der Felsenburg zu bleiben. „Sonst muss ich mich nach meiner Rückkehr in Gefahr begeben, weil ich nach euch suchen muss", erklärte er eindringlich.

Loidin hielt sein Versprechen, er überließ Rowan einen jungen, temperamentvollen Hengst.

„Er ist schnell und ausdauernd. Einem anderen würde ich ihn nicht anvertrauen, aber du beherrscht auch wilde Pferde." Dazu gab er Rowan ein leichtes Schwert und zusätzliche Pfeile. „Ohne Waffen kannst du nicht reiten. Du musst dich verteidigen können."

Rowan bedankte sich und ritt noch am Vormittag fort. Er nahm den Weg, den er seinerzeit mit seinem Großvater geritten war. Durch Cajan und anschließend quer durch Llyllia. Allerdings mied er Ansiedlungen und Burgen. Er hielt sich in den Wäldern versteckt und versuchte, möglichst wenig Spuren zu hinterlassen. Zum Glück hatte Loidin ihm ausreichend Mundvorrat mitgegeben, sodass er keine Nahrung suchen musste. Es war ein Umweg, der viel Zeit kostete, außerdem kam er im Gebirge nicht gut voran. Doch die Vögel trugen ihm zu, dass die Echsenwesen das gesamte Gebiet zwischen dem Ostland und Cajan nach ihm absuchten. Die List mit der Flucht in den Süden hatte nicht lange Wirkung gezeigt.

Sobald er Llyllia hinter sich hatte, bewegte er sich erheblich vorsichtiger vorwärts. Auch hier mied er Menschen. Allerdings nicht mehr wegen der Echsenkrieger, sondern um den Häschern Prinz Hrodwals auszuweichen.

Die Gegend wurde flacher und er kam schneller voran, auch wenn das Pferd inzwischen erschöpft war. Stellenweise stieg er ab und führt es, um es zu schonen. Dann wieder saß er auf und trabte, getrieben von den Bildern, die ihn in der Nacht wachhielten. Im Traum sah er Sidawa, die in ihrer Hütte gequält wurde. Während Haiwa im Kerker gefangen war, so wie einst Ottgar. Doch die junge Heilerin wurde gefoltert. Er wusste nicht, wie er sie befreien konnte, dabei war es ihm so wichtig! Er schuldete es ihr, schließlich hatten sie und Sidawa sein Leben gerettet und ihn gepflegt, als er schwer verletzt gewesen war. Außerdem wuchs seine Zuneigung zu Haiwa täglich. Die Göttin hatte sie füreinander bestimmt. Je mehr er sich sorgte, desto sicherer war er, dass das junge Mädchen die für ihn auserwählte Partnerin war.

Jeden Tag befragte er die Naturgeister, Tiere und Feen. Zweimal versuchte er es auch mit Berggeistern. Doch schnell merkte er, dass sie in dieser Gegend den Zwergen und Trollen ergeben waren.

Beim zweiten Gespräch hörte er im letzten Augenblick die Trolle näher kommen und flüchtete schnell in die entgegengesetzte Richtung.

Ein anderes Mal warnte ein Fuchs, der ihm über den Weg lief, vor den Zwergen vor ihm. Prinz Hrodwal hatte ihnen für die Hilfe bei seinem Aufstand die Berge mit den Bergwerken überlassen.

Inzwischen konnten keine Menschen mehr durch die Gegend reiten, ohne in Lebensgefahr zu geraten. Im Zickzack schlängelte sich Rowan, unterstützt von Tieren und Feen, an den Feinden vorbei. Den südlichen Teil des Landes hatte sich ein Graf aus Hrodwals Gefolgschaft angeeignet. Nach den Hinweisen der Tiere hörte es sich an, als ob die Aufständischen sich zerstritten und in verschiedene Gruppen aufspalteten hätten. Nur Herzog Xandrils Ländereien waren für Rowan sicher. Doch der junge Magier wollte den treuen Gefolgsmann Kustins nicht in noch größere Bedrängnis bringen.

Nachts suchte Rowan sich Bäume, deren Zweige tief herunterhingen, unter denen er und sein Pferd Schutz fanden. Manchmal schlief er auch in einer

Astgabel von alten Bäumen. Berghöhlen mied er, da die Zwerge dort hausten und es zu gefährlich war.

So schreckte er eines Nachts von dem Rauschen der Zweige über ihm auf.

„Magier, wach auf, die Trolle kommen. Unsere Brüder weinen und klagen, weil sie alles zertreten und ausreißen, was ihnen im Weg steht."

Rowan bedankte sich hastig, sattelte sein Pferd und saß auf. Es war so dunkel, dass er den Augen des Tieres vertrauen musste. Er floh in die entgegengesetzte Richtung, doch nach einer Weile hörte er verdächtige Geräusche vor sich. Er blieb stehen und lauschte.

„Trolle!", raunte eine kleine Maus, die über den Weg huschte.

„Hab Dank", murmelte Rowan und änderte die Richtung.

„Wir streuen Sternenstaub", flüsterte eine Fee.

Rowan lächelte und nickte ihr dankbar zu.

Hinter ihm leuchtete es silbern, als die Feen ihre Arbeit begannen. Bald war der Waldboden von Schnee bedeckt und seine Spuren wurden ausgelöscht, wie auch die Huftritte gedämpft wurden.

Er hoffte, dass die Trolle trotzdem genug Lärm machten, damit er selbst rechtzeitig gewarnt wurde.

Endlich erreichte er die Berge zwischen dem Königssitz Greifenburg und der kleinen Burg Eichenfels. Den ersten Gebirgszug hatte er hinter sich gebracht, als er von vier Kriegern, die er am Hofe Kustins gesehen hatte, überrascht wurde.

„Ist das nicht der entflohene Magier?", fragte einer. Und die anderen stimmten ihm zu.

„Unser Heerführer hat eine Belohnung auf seine Ergreifung ausgesetzt", rief der Anführer und drang mit seinem Schwert auf Rowan ein.

Rowan zog Loidins Kurzschwert und verteidigte sich. Er war nicht gerüstet und besaß nicht einmal ein Schild, so konnte er sich nur mit dem Schwert die Angreifer vom Leib halten und musste seine Wendigkeit ausnutzen.

Von drei Seiten griffen sie ihn an. Er ließ die Zügel fahren, hielt das Schwert in der Rechten und zog mit der Linken sein Messer heraus. Das Pferd lenkte er mit den Schenkeln und Gewichtsverlagerungen, hauptsächlich aber mit seinen Gedanken. Zum Glück war der Hengst klug, sprach sofort auf die Hilfen an und war genauso geschmeidig wie sein Reiter.

Ein Gegner verlor das Gleichgewicht und stürzte vom Pferd, während er Rowan bei einer schnellen Drehung zu folgen versuchte. Einem zweiten konnte Rowan die Kampfaxt aus der Hand schlagen. Aber der Anführer setzte ihm mit dem Langschwert zu. Nur knapp verfehlte das Schwert Rowan. Seine Bewegungsfreiheit war eingeschränkt, da ein bulliger Kämpfer von der anderen Seite auf ihn eindrang. Doch in höchster Not schlug sein Pferd aus, traf das Tier des Gegners, das daraufhin hochstieg. Dadurch hatte der Bullige genug damit zu tun, im Sattel zu bleiben. Jetzt bedrängte auch noch der abgeworfene Krieger als Fußkämpfer Rowan. Er kam mit erhobenem Schwert auf ihn zu. Rowan ließ sein Pferd steigen. Die Hufe schlugen auf den Mann ein, der sich wegduckte und dabei die Deckung vernachlässigte. Diese Gelegenheit nutzte Rowan und schleuderte sein Messer in seine Kehle. Gurgelnd brach der Angreifer zusammen.

Inzwischen hatte der Axtkämpfer ein Kurzschwert gezogen und drang von links auf Rowan ein, während der Anführer ihn von rechts angriff.

Doch plötzlich sackte dieser zusammen. Rowan hatte keine Zeit, sich zu wundern, sondern wehrte mit seinem Schwert weiter die Hiebe des anderen ab.

Der war zum Glück kein begabter Schwertkämpfer und zeigte Blößen, die Rowan ausnutze. Energisch trieb er ihn zurück, um endlich mit einem Hieb unterhalb des Schwertarms in die Brust des Mannes einzudringen. Dann schaute er sich suchend nach dem Bulligen um. Der lag am Boden mit einem Pfeil in der Brust. Rowan hob den Blick. Auf einem Felsblock stand Sirii und hielt seinen Bogen in der Hand. Er grinste. „Ich dachte mir, dass du Hilfe brauchst."

„Danke, die war wirklich notwendig. Ich dachte, hier im Wald leben nur Zwerge und Trolle."

Sirii schüttelte den Kopf. „Die Schlangenburg von Prinz Hrodwal ist in der Nähe."

Rowan ließ sich von Sirii eine Karte auf den Boden zeichnen. Es gab ein Tal, das zur Hauptstadt führte. Darin lag Hrodwals Burg. Der Weg schien frei von Zwergen und Trollen zu sein. Sollte er sich an Hrodwals Leuten vorbeischleichen und dem König zu Hilfe eilen?

Als ob Sirii seine Gedanken gelesen hätte, meinte er: „König Kustin ist nach Norden gezogen. Außerdem muss er selbst zurechtkommen. Rette das Mädchen."

Rowan nickte. In seiner Brust zog es schmerzhaft. Haiwa lag ihm am Herzen. Er schaute noch einmal auf die Karte, dann wischte er sie mit dem Fuß weg.

„Vielen Dank für deine Hilfe", sagte er, reinigte sein Schwert mit den Blättern eines Farns und schob es in die Scheide. Sirii hatte sich ebenfalls gebückt und reichte ihm das Langschwert des Anführers und dessen Kampfaxt.

„Du wirst die brauchen, es werden noch weitere Gegner auf dich warten."

Rowan nickte besorgt. Mit Widerwillen zog er sein Messer aus dem toten Kämpfer und säuberte es ebenfalls. Der süßliche Geruch des Bluts stieg in seine Nase. Mühsam unterdrückte er ein Würgen. Seine Aufgabe war es, Leben zu retten und nicht zu vernichten.

„Mach dir keine Gedanken. Wenn wir sie nicht getötet hätten, hätten sie uns umgebracht. Dabei hattest du ihnen nichts getan", tröstete Sirii.

Rowan sah ihn an. „Macht es dir nichts aus, Menschen zu töten?"

Sirii zuckte die Achseln. „Sie haben es nicht anders verdient."

Wieder einmal spürte Rowan, wie fremd sie sich trotz der jahrelangen Freundschaft waren.

Niedergeschlagen ritt Rowan weiter. Am Abend fand er einen Felsüberhang an einer heißen Quelle. Dort ließ er sich nieder, froh, ein trockenes und halbwegs warmes Lager gefunden zu haben. Der Quellgeist war ihm wohlgesinnt und sagte: „Hier bist du sicher. Es gibt keine Zwerge und Trolle, selbst Hrodwals Handlanger halten sich hier nicht auf. Die Felsen hier sind freundlich, denn sie kennen und verehren deine Urgroßeltern Mawuar und Jambin."

Rowan bedankte sich und opferte einen Teil seiner essbaren Pflanzen, die er im Wald gesammelt hatte. Am Morgen sang er auf Wunsch des Geistes der Felsen zwei ostianische Lieder. „Du hast die Stimme deiner Urgroßmutter", meinten Fels- und Quellgeist übereinstimmend.

Rowan lächelte. Da fuhren sie fort: „Und die magische Begabung deines Großvaters."

8.

„Eine junge Frau irrt durch den Wald", flüsterte ihm eine Libelle zu, als er am Morgen an einem Bach rastete.

„Kannst du mir sagen, wo sie sich genau befindet?", fragte er mit Herzklopfen, denn dass es sich um Haiwa handelte, bezweifelte er nicht. Deshalb war er begierig, etwas über sie zu erfahren.

„Ich habe sie in Richtung des Sonnenaufgangs gesehen", erklärte die Libelle.

Noch bevor das Tier ausgesprochen hatte, trieb Rowan ungeduldig sein Pferd an.

Der Schnee war in der Nacht wieder weggetaut. Doch er hatte gereicht, die Trolle aufzuhalten und seine Spur zu verwischen.

Die Tiere halfen ihm, den Weg zu dem Mädchen zu finden. Da Rowan von einem Hügel herabritt, sah er Haiwa schon von Weitem. Sie saß unter einer alten Eiche und machte einen erschöpften Eindruck. Fahrig versuchte sie, ihr langes, zerzaustes Haar zu ordnen. Ein warmes Gefühl stieg aus seinem Bauch herauf. Er freute sich, sie zu sehen und lächelte glücklich.

Sie sah auf, als sie den Hufschlag hörte. Im ersten Moment schien es, als ob sie fliehen wollte, denn sie sprang auf und schaute sich suchend um, doch dann erkannte sie ihn und ein freudiger Ausdruck erschien auf ihrem Gesicht.

Rowan sprang vor ihr vom Pferd, zog sie an sich und umarmte sie.

Sie klammerte sich wie eine Ertrinkende an ihn und weinte herzzerreißend.

Rowan strich ihr beruhigend über den Rücken und summte ein Kinderlied. „Setzt dich wieder hin, du siehst müde aus", sagte er schließlich.

„Ich bin seit vierzehn Tagen durch den Wald geirrt, meine Vorräte sind aufgebraucht. Die Häscher der Aufständischen sind hinter mir her und immer wieder stoße ich auf Trolle und muss ihnen ausweichen und mich verstecken", brachte sie mühsam unter Schluchzen hervor.

„Wohin willst du?"

„Zu dir ins Magierreich, hier ist es für Heiler nicht mehr sicher. Magier, Heiler und Hexen werden verfolgt und gefoltert. Prinz Hrodwal will nicht, dass sie seinen Bruder unterstützen."

„Was ist mit Sidawa, warum seid ihr nicht zusammen?", fragte er Haiwa.

„Sie hat mich weggeschickt. Ich solle dich suchen, du würdest mir helfen", sagte sie. „Sie selbst käme zurecht, wenn sie sich um niemanden kümmern müsse." Tränen liefen ihr über die Wangen und hinterließen Spuren in ihrem schmutzigen Gesicht.

„Glaubst du es ihr?", fragte Rowan.

Haiwa schüttelte den Kopf. „Aber ich hätte ihre Probleme größer gemacht, wenn ich geblieben wäre. Ich konnte ihr nicht helfen."

Rowan nickte. Er nahm seine Satteltasche und holte ein paar Wildäpfel und Nüsse heraus. Während Haiwa

89

sie hungrig verschlang, überlegte Rowan sein weiteres Vorgehen. Natürlich hätte er König Kustin gern unterstützt, doch seine Aufgabe war, Ottgar und Mardok in Sicherheit zu bringen und er selbst sollte die Ausbildung im Sumpfland fortsetzen. Das hatte Bunduar ganz klar geäußert. Aber zuerst musste er sich jetzt um Haiwa kümmern.

Zweifel nagten an ihm. Durfte er wirklich seinen alten Meister Wudon, Sidawa und den freundlichen König Kustin im Stich lassen? Rowan fühlte sich Wudon gegenüber verpflichtet, schließlich hat er lange bei ihm gelebt und einiges von ihm gelernt.

Er schaute sich um. Der Wald lag ruhig um sie herum. Die Vögel sangen oder suchten nach Futter. Ein Hase sprang über die Lichtung, setzte sich und fraß. Die Bäume murmelten beruhigende Worte. Es waren keine Feinde, weder Trolle noch Soldaten, in der Nähe. Er hatte Zeit, die Kristallkugel zu befragen.

„Schlaf etwas, wenn ich in die Zukunft geschaut habe, wecke ich dich, damit wir weiterreiten können."

Haiwa nickte, rollte sich unter dem Baum zusammen und schlief tatsächlich sofort ein. Fürsorglich deckte Rowan sie mit seinem Umhang zu.

Dann nahm er die Kristallkugel zur Hand und schaute hinein. Er atmete tief ein und aus und verbannte alle Gedanken aus seinem Kopf.

Langsam erschienen Bilder in der Kugel. Er sah Haiwa in einem kleinen, alten Kloster in den Bergen. Obwohl er noch nie dort gewesen war, wusste er sofort, dass es sich um das abseits gelegene Frauenkloster in dem zerklüfteten Gebirge am Rande des Magierreichs handelte. Dorthin musste er Haiwa begleiten.

Anschließend suchte er Bilder von der Felsenburg. Er sah Ottgar und Mardok aufbrechen, sie ritten zu einem Cousin von Loidin, der eine kleine Grafschaft in einem entlegenen Winkel Llyllias, an der Grenze zu Cajan, besaß. Die dortigen Bauern ernährten sich von ihren Ziegen und Schweinen, die in den Bergwäldern weideten, und vom Verkauf des Holzes, das sie in die Hauptstadt flößten.

Anschließend sah er sich selbst im Sumpfland bei Meister Zwandir. So wie es sich sein Großvater seit Jahren wünschte.

Rowan lenkte seine Gedanken auf das Ostland. Er sah die Heere der Prinzen Hrodwal und Ranin gegen König Kustin kämpfen. Der Königssitz Greifenburg war niedergebrannt. Das Volk hungerte. Prinz Hrodwal ließ nicht nur die Magier und Hexen verfolgen, sondern auch die Anhänger seines Bruders. Wer ihm nicht Treue schwor, wurde ermordet. Burgen und Dörfer brannten.

Doch dann sah er, wie der Fluss Fandris in der Ebene vor den Feen-Hügeln über das Flussbett trat und das Heer von Prinz Hrodwal verschlang. Die Krieger des Königs wurden verschont, da sie auf einem Hügel lagerten. Danach erkannte Rowan, dass die Dörfer und Burgen wiederaufgebaut wurden. Und er beobachtete, wie König Kustin seine Tochter Talin zur Thronfolgerin krönen ließ.

Rowan war erschöpft, deshalb konnte er die Bilder in der Kugel nicht mehr festhalten. Schließlich wurden sie blasser und verschwanden. Lange saß Rowan da und sann über das Gesehene nach. Konnte er die Zukunft verändern, und falls ja, durfte er es überhaupt? Und wo war Wudon? Er ärgerte sich, ihn nicht sogleich in der Kugel gesucht zu haben. Nun wusste er nicht, wie es seinem alten Meister ging. Er grübelte eine Weile nach.

Die entsetzlichen Verwüstungen der Aufständischen bedrückten ihn so sehr, dass er wie gelähmt war. Sie verhießen auch nichts Gutes für Magier Wudon.

Plötzlich fühlte Rowan eine große Bedrohung und Schmerzen, seine Atmung beschleunigte sich. *Sidawa!*, dachte er und sah ihr Gesicht vor seinem inneren Auge.

Mit einem lauten Schrei wachte Haiwa auf. Schweißbedeckt fuhr sie hoch und zitterte heftig. Rowan nahm sie in seine Arme.

„Was ist?", flüsterte er.

„Sidawa! Ich habe sie gesehen. Sie wurde gefoltert und starb auf dem Scheiterhaufen."

Rowan biss sich auf die Lippe. Er spürte es erst, als er das Blut schmeckte. Er kam zu spät, seiner Freundin konnte er nicht mehr helfen. Aber was war mit Wudon?

„Wir müssen weiter, aber wir müssen zuerst einen kleinen Umweg reiten, bevor ich dich in Sicherheit bringe", flüsterte er.

Haiwa schluchzte und ließ sich nicht beruhigen.

„Sie wollte dich gerettet wissen. Anscheinend wollte sie selbst nicht mehr fliehen", murmelte Rowan. „Komm, wir müssen weiter, es ist inzwischen schon dunkel, aber ich habe noch viel vor." Er zog das Mädchen hoch und setzte es auf sein Pferd, bevor er selbst aufsaß. Solange es in der Dämmerung noch etwas Helligkeit gab, trabten sie flott durch den lichten Wald. Später saß Rowan ab und führte das Pferd.

Immer wieder verharrte er und lauschte. Doch die Göttin war ihm gnädig. Sie begegneten keinen Trollen. Menschliche Gegner erwartete er auch nicht, denn die Heere hatten sich am Ufer des Fandris versammelt. Wie er in der Kristallkugel gesehen hatte, waren die Krieger, die ihn angegriffen hatten, nur die Hüter der Schlangenburg gewesen.

Am nächsten Tag machten sie sich bei Sonnenaufgang auf den Weg und pflückten unterwegs essbare Pflanzen. Erst als das Pferd eine Pause brauchte, rasteten sie.

So eilten sie in den folgenden drei Tagen weiter. Ohne auf Gegner oder Trolle zu stoßen, kamen sie rasch voran.

Zweimal traf er Feen und befragte sie zu Magier Wudon, doch sie konnten ihm, ebenso wie die Baumgeister, keine Auskunft zu seinem alten Meister geben. Seine Besorgnis wuchs, denn auch in der Kristallkugel fand er keine Angaben zu seinem Aufenthaltsort. So folgte Rowan einer Ahnung, die er sich nicht erklären konnte, die ihn nach Norden führte.

Erschöpft dämmerte Haiwa abends sofort ein. Auch Rowan legte sich hin und schlief. Er verließ sich auf die Tiere und Baumgeister, dass sie über ihn und seine Gefährtin wachten und ihn weckten, wenn Gefahr drohte.

In der dritten Nacht sah er im Traum Wudon, der im Kerker einer eroberten Burg im Norden gefoltert wurde. Er wurde nach Rowans und Ottgars Aufenthaltsort befragt, konnte aber keine Antwort geben. Als die Schmerzen unerträglich wurden, erfand er einen Freund an der Grenze zur Wüste im Süden. Auch gestand er der peinlichen Befragung, die

Bewohner der Burg Eichenfels und der dazugehörigen Dörfer vergiftet zu haben, dabei wussten doch alle, dass damals eine Seuche ausgebrochen war. Daraufhin wurde er zum Tod durch Ertränken verurteilt. Das Urteil wurde sogleich vollzogen.

Zitternd und nassgeschwitzt wachte Rowan auf. Er wusste, dass das keine Täuschung gewesen war. Wieder hatte er bei der Rettung eines Freundes versagt. Wudon hatte ihn mit dieser Gedankenübertragung warnen wollen. In Gedanken leistete Rowan ihm Abbitte. Der alte Mann hatte ihn und Ottgar bis zum letzten Atemzug beschützt.

Müde und niedergeschlagen setzten sie ihren Weg bei Sonnenaufgang fort. Am vierten Morgen erreichten sie den Fluss oberhalb der Auen, an deren Rändern Rowan in seiner Vision das Heer von Prinz Hrodwal gesehen hatte.

Er opferte dem Fluss seine letzten Öle, dann versenkte er sich in sein Inneres. Erst als er ganz zur Ruhe gekommen war, rief er den Flussgeist.

Ein zerfurchtes Antlitz tauchte vom Grund des Flusses auf.

„Warum störst du meine Ruhe, Rowan, Enkel Bunduars?", fragte der Alte barsch.

„Ich benötige deine Hilfe. Deine Ruhe wird sowieso von den kämpfenden Heeren auf deinen Auen gestört werden. Tagelang werden lautes Kriegsgeschrei und Kampfgeräusche dich belästigen."

„Das tun sie schon, der Krieg ist längst ausgebrochen."

„Prinz Ranin und Prinz Hrodwal foltern Magier und Hexen zu Tode. Er brennt Dörfer nieder und vernichtet die Wälder. Ich brauche deine Hilfe, um ihrem Tun Einhalt zu gebieten", zählte Rowan beschwörend auf.

Der Flussgeist schwieg eine Weile. Schließlich fragte er: „Wie kann ich dir helfen?"

„Wenn du deine Fluten über das Ufer treten lässt, an dem Prinz Ranin mit seinen Mannen lagert, dann würde König Kustin weiter herrschen."

„König Kustin hat uns nie einen Gefallen getan", wehrte der Greis missmutig ab.

„Aber er hat sich auch nicht gegen euch gestellt." Rowan überlegte eine Weile. Schließlich meinte er: „Prinz Hrodwal, der Verbündete von Prinz Ranin, will an deinen Ufern eine große Handelsstadt bauen, dazu muss er dich umleiten. Ich kann König Kustin bestimmt überreden, die Stadt an einer anderen Stelle zu bauen, sodass du nicht gezwungen wirst, deinen Weg zu ändern."

Der Alte nickte. „Das hätte ich nicht geduldet. Viele Menschen wären bei dem Versuch umgekommen."

Rowan murmelte etwas Zustimmendes. „Kannst du deinen Bruder, den Regengeist bitten, es in Strömen regnen zu lassen?"

„Ich helfe dir nur, weil Bunduar mich einst unterstützt hat, als die Felsen meinen Weg versperrten. Er ließ sie weich werden, damit ich mich durchdrängen konnte."

Rowan hatte von der Geschichte des Erdrutschs gehört, der den Fluss aufstaute. Sein Großvater hatte einen großen Zauber bemüht, damit die Steine verschwanden, bevor weite Landstriche überschwemmt wurden.

Er bedankte sich bei dem Flussgeist, der daraufhin wieder in die Fluten abtauchte.

Rowan brauchte eine Weile, bis er aus seiner Versunkenheit in die Gegenwart zurückkehrte. Haiwa musterte ihn besorgt. Sie hatte in der Zwischenzeit Wurzeln ausgegraben und im Feuer gegart.

Stirnrunzelnd schaute Rowan zu den Flammen.

„Keine Angst, es sind keine Gegner in der Nähe. Meine Freundin hat es mir verraten." Sie zeigte auf eine kleine Bergschwalbe, die in dem Baum über ihnen saß.

Rowan summte leise ein Vogellied und das Tier stimmte ein, gemeinsam sangen sie es und da Haiwa es auch lernen wollte, wiederholten sie das Lied.

„Ein schönes Lied, das hast du mir noch nie vorgesungen."

Rowan lachte. „In Sidawas Hütte habe ich hauptsächlich Heil-Lieder und Balladen gesungen."

Haiwa nickte, bevor sie in ihre Wurzeln biss.

Da es ein friedliches Plätzchen war, beschlossen sie, zu ruhen und erst am nächsten Morgen aufzubrechen.

9.

Lange bevor die Sterne verblassten, weckte Rowan seine Gefährtin, weil er mit kräftiger Stimme die Regengeister anrief und um Regen bat. Er wiederholte die vielen Strophen des Liedes dreimal, dann kehrte er vom Flussufer zu ihrem Lager zurück. „Wir müssen uns beeilen, um vor der Endscheidungsschlacht König Kustin zu treffen."

Er reichte Haiwa seine Hand und zog sie hoch, anschließend bückte er sich, rollte die beiden Decken zusammen und schnallte sie hinter dem Sattel fest.

Haiwa hing Rowan ihren Strohumhang um. „Wenn dein Gesang Erfolg hat, werden wir bald nass werden."

Rowan lachte, hob sie auf das Pferd und saß auf. Anschließend zog er die Seiten des Umhangs nach vorn über ihre Schultern und Arme.

Oberhalb ihres Lagers überquerte er den Fluss in einer Furt. Danach folgte er ihm stromabwärts. Solange es noch dunkel war, ließ er das Pferd in einem zügigen Schritt am Ufer laufen, doch als es dämmerte, trieb er das Tier zum Trab an. Erst als sie Rauch von Lagerfeuern rochen, verließen sie den Fluss und ritten die Hügel hinauf.

Es wurde nicht hell, am Himmel hingen finstere Wolken, die immer größer wurden.

„Es wird nicht mehr lange dauern", murmelte Haiwa und schmiegte sich an Rowan.

„Der Regengeist muss seinen Bruder, den Fluss, unterstützen, sonst reicht dessen Wasser nicht für die Ebene."

„Du bist verantwortlich für den Tod vieler Männer", klagte Haiwa mit heiserer Stimme.

Rowan spürte, wie ein Schauer über sie lief.

„Ja", antwortete er mit rauer Stimme. „Aber wenn Prinz Hrodwal oder Prinz Ranin König werden, kommen viel mehr Menschen um. Sie werden grausame Herrscher sein. Schon jetzt haben sie viele Andersdenkende ermordet."

Er trieb das Pferd zum Galopp. Hinter dem ersten Hügelkamm ritten sie über Grasland. Hier gab es keine Deckung. Aber Rowan rechnete auch nicht mit Gegnern.

„Stopp, bleibt stehen!", schrie da plötzlich ein Mann. Er erhob sich und stand weithin sichtbar auf dem Bergrücken. Sein Haar leuchtete rot vor einer schwarzen Wolke, die eine schwefelgelbe Umrandung hatte.

Rowan zügelte das Pferd.

„Wie ist die Losung?" Ein zweiter Mann tauchte neben dem Rothaarigen auf und hielt seine Lanze wurfbereit.

„Ich weiß es nicht, aber ich bin ein Freund und möchte König Kustin sprechen. Ich bin Rowan, Enkel Bunduars vom Magierreich." Rowan gab sich Mühe seine Stimme vertrauensvoll und selbstbewusst klingen zu lassen.

„Ach, der Magier." Der Rothaarige lachte. „Was könnt ihr Magier schon erreichen?"

Rowan erkannte eine Ähnlichkeit zwischen der wurfbereiten Wache mit einem Pferdeknecht, den er an Kustins Hof gekannt hat. „Kranke heilen. Ich habe seinen Bruder damals von dieser Seuche befreit." Er deutete auf den Mann mit dem Speer.

„Meinen Bruder?", fragte der gedehnt.

„Den Pferdeknecht Cholin."

Der Mann ließ seine Lanze sinken. Er pfiff, kurz darauf erschien ein weiterer Wächter mit hochgebundenen Haaren und einen dichten Vollbart. „Bringt die beiden zum König, sie können nützlich sein. Pass gut auf sie auf", befahl er.

Der langhaarige Mann kam mit großen Schritten auf sie zu, nahm Rowans Pferd am Zügel und führte es mit eiserner Hand, ohne sich darum zu kümmern, dass der Hengst kämpfte, um seinen Kopf freizubekommen.

Rowan ließ ihn gewähren, weil er ihn nicht verärgern wollte. Während Haiwa sich ängstlich an seine Arme klammerte, um nicht herunterzufallen.

Vor dem größten Zelt hielt der Mann an. Die hochgewachsenen Leibwachen kreuzten ihre Lanzen vor dem Eingang.

„Dieser Mann will zum König. Eindras meinte, die beiden könnten nützlich sein", erklärte der Mann gleichgültig.

Die Leibwächter musterten Rowan misstrauisch. Rowan nickte freundlich, dabei versuchte er, ihnen gedanklich Vertrauen zu vermitteln.

„Ich bin Magier Rowan, der Enkel des Obermagiers Bunduar und Großenkel des Königs Mawuar. Ich muss dringend mit König Kustin sprechen." Er stieg vom Pferd und hängte Haiwa den Strohumhang um.

Neben den beiden Hünen fühlte er sich wie ein Zwerg. Er reichte den Männern nur bis zur Schulter.

„Der König hat heute Wichtigeres zu tun, als Scharlatane zu sprechen", meinte der Ältere der beiden Leibwachen.

„Da kann jeder kommen", fuhr der zweite fort.

„Wenn er mich nicht anhört, wird es sein Tod sein. Schlimmer noch, er wird euch alle in den Tod führen." Rowan sprach laut. Der König musste im Zelt jedes Wort verstehen. Tatsächlich öffnete sich der Eingang und ein Knappe wies die beiden Wachen an, Rowan hindurchzulassen.

Rowan schaute zum Himmel. „Es wird gleich anfangen zu schütten. Kann meine Begleiterin mit ins Zelt kommen?"

Der Knappe drehte sich um und wartete auf die Erlaubnis, dann wandte er sich wieder Rowan zu und nickte.

„Komm", ermunterte er Haiwa.

Sie ließ sich vom Pferd gleiten und folgte Rowan ins Zelt hinein. Dort blieb sie neben den beiden Knappen am Eingang stehen.

„So, so, unser junger Magier. Wo kommst du plötzlich her und wo hast du die ganze Zeit gesteckt?", fragte Kustin kühl.

Rowan spürte nichts mehr von dem einst so leutseligen Herrscher. „Ich musste zuerst unseren Kronprinzen in Sicherheit bringen", antwortete er ruhig.

„Du behauptest, du hättest eine Idee, wie ich mein Reich retten kann?" Der König schaute ihn herablassend an.

„Euer Reich und Euer Leben!", erwiderte Rowan ernst und legte seine ganze Überzeugung in diese Worte.

Der König saß auf seinem Klappstuhl aus geschnitztem Holz, die Sitzfläche und Rückenlehne war aus gepunztem Leder. Er trug enge Hosen und ein Hemd, keine weiten Prunkgewänder, so war er bereit, die Rüstung anzulegen.

Rowan nickte, als er das sah.

„Ihr wollte zur Endscheidungsschlacht. Ihr meint, wenn Ihr den Vorteil des Geländes habt, siegt Ihr. Aber Prinz Hrodwal und Prinz Ranin haben nicht nur die Männer, die Ihr am Ufer lagern seht, sondern noch weitere Krieger im Wald an der Flussbiegung."

„Das soll ich dir glauben?" Erstaunt zog der König seine Augenbrauen hoch.

„Schickt erfahrene Späher dorthin, wenn Ihr mir nicht glaubt. Lasst sie den Wald umkreisen und von der anderen Seite zu Fuß eindringen. Sie müssen vorsichtig sein, damit sie nicht entdeckt werden."

„So viel Zeit habe ich nicht." Der König machte mit seiner Hand eine wegwerfende Bewegung.

„Dann solltet Ihr mir glauben. Ihr wisst, dass Ihr mir, Bunduars Enkel, vertrauen könnt!" Rowan sah Kustin eindringlich an. Er versuchte, in seine Gedanken einzudringen und ihn von der Wichtigkeit der Mitteilung zu überzeugen.

„Wie kann ich das? Schließlich bist du einfach geflüchtet, angeblich, weil Königin Narfin krank ist! Dein Meister ebenfalls und selbst die Hexen aus dem Gebirge sind weg. Ich glaube keinem Magier mehr", stieß Kustin wütend hervor.

Rowan lachte bitter. „Ich habe Kronprinz Ottgar aus dem Kerker Eurer Burg Eichenfels befreit, in dem ihn Prinz Hrodwal und Prinz Ranin gefangen hielten."

„Du lügst. Er war doch ein Getreuer meines Bruders." Der König schüttelt ungläubig seinen Kopf.

„Euer Sohn misstraut jedem, selbst so jungen, gutgläubigen Menschen wie den magianischen Thronerben. Wahrscheinlich wollte Euer Bruder, Prinz Hrodwal, Ottgar als Geisel behalten. Nachdem ich Ottgar aus der Gefangenschaft gerettet hatte, flohen wir ins Magierreich. Meine Aufgabe ist, unseren Thronfolger zu beschützen. Meister Wudon ist von Eurem Sohn gefangen und zu Tode gefoltert worden. Die Hexe Sidawa wurde von Eures Bruders Männern gefoltert und anschließend in ihrer Hütte verbrannt. Sie haben Euch nicht im Stich gelassen. Im Gegenteil ..." Nach einer Pause, in der er seine Wut und Trauer niederkämpfte, setzte er hinzu: „Leider, sonst würden sie noch leben."

Er überließ es den Zuhörern, selbst Schlüsse zu ziehen, wer treu und zuverlässig war und wer nicht.

„Und wie könnt Ihr mir helfen?" Diesmal sprach Kustin den jungen Magier erheblich höflicher als vorher an, als klammere er sich an den rettenden Strohhalm und wollte den Helfer nicht verstimmen. Der junge Magier unterdrückte seinen Ärger, die Höflinge im Ostreich hatten ihn von oben herab behandelt, selbst Kustin hatte meist nur die äußerste Höflichkeit gewahrt.

Rowan musterte ihn lange, so lange, bis der Herrscher unruhig auf seinem Reisethron hin und her rutschte.

„Die Hilfe ist an ein paar Bedingungen gebunden", erklärte Rowan leise. Die Anwesenden mussten die Ohren spitzen, um ihn zu verstehen.

„Nennt sie!", verlangte Kustin mit harter Stimme und versteinertem Gesicht.

„Ihr ernennt nach Eurer Rettung sofort Eure Tochter, Prinzessin Talin, zur Kronprinzessin, da Euer Sohn Ranin als Verräter dafür nicht mehr in Frage kommt. Prinzessin Talin hingegen ist klug, mutig und fähig, einst eine mächtige Herrscherin zu werden. Außerdem ist sie Euch treu ergeben. Es darf aber nicht nur eine Ernennung sein, sondern Ihr müsst sie auf ihr Amt gründlich vorbereiteten, sie in die Amtsgeschäfte einführen."

„Dann ermordet sie mich!", entfuhr es Kustin.

„Erst wart Ihr zu leichtgläubig Eurem Sohn und Bruder gegenüber, jetzt misstraut Ihr jedem – auch denjenigen, die Euch immer treu ergeben waren."

Rowan schüttelte verständnislos den Kopf und fuhr unbeirrt fort. „Die zweite Bedingung ist, dass Ihr und später Eure Tochter dafür sorgt, dass Magier, Heiler und Hexen nicht nur ihrer Tätigkeit nachgehen dürfen, sondern auch die ihnen zustehende Anerkennung erhalten. Die dritte Bedingung ist, dass für die Stadt Kauffurt, die Prinz Hrodwal geplant hat, der Flusslauf nicht geändert wird."

„Das geht nicht, erst wenn die Flussschleife mit einem Kanal abgeschnitten wird, gibt es Platz für eine befestigte Siedlung."

„Dann sucht Euch einen geeigneteren Platz aus und befragt dazu einen Magier, der Euch beraten und mit dem Flussgeist sprechen kann."

„Flüsse haben keine Geister, das ist Aberglaube", spottete Kustin.

Rowan versteifte sich. Er hatte Mühe, seinen Ärger zu unterdrücken.

„Der nicht existierende Flussgeist ist bereit, Euch zu retten. Soll ich ihm mitteilen, dass Ihr die Bedingungen nicht billigt, weil Ihr sowieso nicht an ihn glaubt …?"

Auf ein Zeichen Kustins zog ein Knappe sein Schwert und hielt es Rowan an die Kehle.

Rowan schluckte, dann meinte er, während sein Kehlkopf beim Sprechen gegen die Klinge drückte: „Der Regengeist unterstützt seinen Bruder, den Flussgeist, daher hängen die vielen dunklen Wolken am Himmel. Bringt Ihr mich jetzt um, werden nicht nur Prinz Hrodwal und Prinz Ranin mit ihrem Heer ertrinken, sondern Ihr werdet vom Blitz erschlagen."

Rowan war sich sicher, dass die Naturgeister seinen Tod dem König nicht ungestraft durchgehen ließen, zu sehr waren sie Bunduar verbunden. Wie zur

Bestätigung dröhnte draußen ein lauter und langer Donner.

Der König fuhr zusammen. Leichenblass stammelte er: „G…g…gut, ich g…gehe auf deine Bedingungen ein."

„Dann schwöre bei der Göttin Jaguar und Eurem Herrscherhaus, dass Ihr Prinzessin Talin zur Thronfolgerin ernennt, die Magier, Heiler und Hexen schützt und ehrt und dass der Fluss seinen Lauf selbst bestimmen darf."

König Kustin saß zusammengesunken auf dem Reisethron, mit zitternder Stimme wiederholte er Rowans Worte und folgte dem Magier zu dem kleinen hölzernen Altar. Dort goss er heiliges Öl in eine Bronzeschale und entzündete es an der Glut, die in einer Metalllaterne gehütet wurde. Purpurrot flammte das Öl auf, der Rauch stieg hellrot steil nach oben und es duftete nach Rosen.

Rowan nickte zufrieden. Draußen rauschte der Wind und frischte immer stärker auf. Inzwischen peitschten die Zeltbahnen hin und her. Feiner Sand wurde ins Innere gedrückt. Ein Blitz erleuchtete die Umgebung taghell, der folgende Donner ließ den Boden erbeben.

Die Leibwachen flüchteten ins Zelt und brachten Rowans Habschaft mit. Sie kamen gerade rechtzeitig, um die Zeltstangen festzuhalten, die sich gefährlich im Wind bogen. Dann prasselte Regen herab. Er tropfte durch die Zeltwände. Wasser quoll vom Eingang herein. Fröstelnd zog Haiwa ihren Strohumhang dichter an sich heran. Ein Knappe reichte Haiwa ihr Gepäck und sogleich hängten sie und Rowan sich die Decken um.

Stundenlang tobte das Unwetter. Blitze schlugen in der Nähe ein. Es kühlte merklich ab. Pferde rissen sich los und galoppierten voller Angst durch das Lager, dabei zertrampelten sie zwei Zelte, die noch einigermaßen sicher gestanden hatten.

„Dein Wassergott bringt uns um, statt uns zu helfen", grollte König Kustin.

Rowan schaute ihm ruhig in die Augen. „Ohne das Unwetter lägt Ihr und Eure Männer schon längst erschlagen in den Flussauen."

Endlich ließ zuerst der Sturm nach, dann zog das Gewitter weiter. Der Abstand zwischen Blitz und Donner wurde immer größer. Der Regen wurde weniger und die Knappen liefen hinaus, um sich die Schäden anzuschauen. Sie blieben eine Weile weg. Die Leibwachen verharrten auf ihren Plätzen und beäugten Rowan misstrauisch, bevor sie endlich die Stangen wieder ausrichteten, das Wasser von den Zeltbahnen schüttelten und alles gründlich verschnürten.

Als einer der Knappen zurückkam, rief er schon von weitem: „Das feindliche Heer ist weg."

„Und erwartet uns auf dem Rückweg, um uns zu überfallen", murrte einer der Leibwächter leise.

Rowan schüttelte den Kopf. „Lasst uns erst einmal die Schäden im eigenen Lager begutachten."

Der Knappe sprudelte heraus: „In den zwei von den Pferden niedergerissenen Zelten waren nur drei Männer. Zwei sind umgekommen, der dritte ist schwer verletzt. Die anderen waren gerade dabei, die übrigen Zelte zu sichern."

König Kustin hing sich seinen purpurnen Mantel um und trat, dicht gefolgt von den Leibwachen, hinaus, um sich selbst ein Bild von den Zerstörungen zu machen.

105

Rowan und Haiwa folgten ihm. Nur noch vier Zelte standen, die übrigen waren umgeweht worden. Doch die Krieger waren bereits dabei, die halbwegs unbeschädigten wiederaufzubauen. Rowan ging durch das Lager. Mit schnellem Blick erkannte er, dass mehrere Männer leichte Verletzungen erlitten hatten. Er trat auf die Kuppe des Hügels. Das Wasser des Flusses reichte bis an dessen Fuß heran. Vom Heerlager war nichts mehr zu erkennen.

Er kniff die Augen zusammen und schaute zu dem Wäldchen flussabwärts. Soweit er feststellte, standen auch die Bäume unter Wasser.

„Was meint Ihr, sind wirklich alle Gegner ertrunken? Sollen meine Männer sofort nach Geflüchteten suchen?", fragte König Kustin höflich mit Blick auf die Überschwemmung.

Rowan runzelte die Stirn. „Es gibt Überlebende. Lasst aber erst einmal Eure Männer das Lager wiederaufbauen. Wir brauchen alle Ruhe. Eine Gruppe muss die Pferde suchen und einfangen. Allerdings sollte ein Spähtrupp vorsichtig zum Wald reiten und schauen, ob dort noch Menschen sind. Aber ich vermute, dass das Wasser zu hoch steht. Ich werde mich um die Verletzten kümmern. Habt Ihr Heilmittel und Verbandszeug? Leider sind meine Mittel fast aufgebraucht."

Der König nickte. „Mein Knappe wird Euch alles geben, was noch vorhanden ist."

Rowan nickte und ging mit dem König zu den Zelten zurück. In einem befanden sich die schwerer Verletzten.

Einem schwer verletzten Mann schnitt er die Haare ab, um dessen Kopfverletzung zu säubern.

Anschließend legte er ein sauberes Stück Stoff, auf das er Heilsalbe verteilt hatte, auf die Wunde, bevor er den Kopf verband. Haiwa suchte auf seine Bitte hin im Gepäck nach Nähzeug und reichte es Rowan. Damit nähte der Magier die große Wunde an der Schulter. Danach schiente er mit Hilfe einer zerbrochenen Zeltstange das gebrochene Bein. Während der gesamten Behandlung stimmte er Heil-Gesänge ein. Er sang immer lauter, da der Verletzte vor Schmerz stöhnte, schrie und um sich schlug. Nur mit Mühe hielten ihn zwei Kameraden fest.

Haiwa half Rowan. Sie reichte ihm Verbandsmaterial und streute gemahlene Kräuter auf die Wunden, um die Heilung zu beschleunigen.

Auf seine Bitte nahm sie die Heilpflanzen, die Rowan zusammengesucht hatte und kochte einen Aufguss gegen die Schmerzen. Außerdem bereitete sie einen Kräutersud zu.

„Das muss so lange köcheln, bis der Mond aufgeht", wies Rowan einen Knecht an.

Dann flößte er dem Schwerverletzten den Tee ein. Haiwa blieb bei dem Mann und sang weitere Heil-Lieder.

Rowan wandte sich den anderen Verletzten im Zelt zu. Schließlich richtete er sich auf und rieb sich die Augen. Er war müde, machte aber trotzdem weiter seine Arbeit. „Schickt mir alle, die sich irgendwie verletzt haben, damit es keine Entzündungen gibt", befahl er seinen Helfern.

Schnell bildete sich eine Schlange vor dem Zelt und damit sie nicht alle auf einmal ins Zelt stürmten, wies Rowan an, dass sich nur drei Männer gleichzeitig im Zelt aufhalten durften. Jeder, der behandelt worden war und das Zelt verließ, schickte den nächsten herein. Bald gingen Rowan das Verbandsmaterial sowie seine Heilkräuter und Salben aus. Zum Glück besaßen einige der Männer eigene Mittel, die sie herbeibrachten, damit Rowan weiterarbeiten konnte. Der Schwerverletzte war eingeschlafen und Haiwa half Rowan weiterhin bei der Versorgung der übrigen Leidenden.

Der Mond war schon längst aufgegangen, als die übrig gebliebenen Zelte wieder standen und alle Wunden versorgt waren. Erschöpft legten Rowan und Haiwa sich auf den nassen Boden schlafen.

Am späten Morgen weckte die Sonne sie. Mühsam kamen sie mit steifen Gliedern auf die Beine. Nach einem Blick auf den Schwerverletzten, der einen Becher von dem Sud trinken musste, und mehreren Heil-Liedern für ihn, trat Rowan ins Freie und wärmte sich in der Sonne.

Der König trat zu ihm. „Leider kann ich Euch kein Brot oder Obst anbieten. Wir haben nur etwas Wild, das drei Späher heute Morgen geschossen haben."

Rowan lächelte. „Ich werde nicht gleich verhungern. Eure Männer brauchen dringender Essen."

„Ihr hattet recht, der Wald steht noch immer tief unter Wasser. Ich lasse meine Männer ausschwärmen, um Feinde ausfindig zu machen."

„Was geschieht mit ihnen?", fragte Rowan.

„Ich werfe sie in den Kerker."

„Macht das nur mit den Anführern. Die anderen lasst entscheiden, ob sie Euch Treue schwören oder lieber das Land nach Osten verlassen wollen", schlug Rowan vor.

Der König lachte. „Im Magierreich wollt Ihr auch keine Verräter haben."

Rowan lächelte, schwieg aber. Anscheinend ahnte Kustin nichts von der großen Gefahr, in der sich das Nachbarreich befand.

Ein Ritter trat auf sie zu. „Majestät, von Osten nähert sich eine Gruppe Reiter."

Der König und Rowan traten an den Rand des Hügels und schauten in die Ferne.

„Ritter", murmelte der König, da sich an den blanken Rüstungen das Licht brach und er diese Spiegelungen über die Hügel tanzen sah.

„Sie nähern sich Euch offen, es werden also Freunde sein", stellte Rowan fest.

„Welche Freunde besitze ich noch?", fragte der König verbittert.

„Mich?"

Der König schaute Rowan entschuldigend an. „Ihr habt recht, ich bin ungerecht. Ihr habt mir geholfen und auch meine Männer hier waren bereit, ihr Leben für mich zu opfern."

Als die Reiter näher kamen, erkannten sie Prinzessin Talin mit einigen Rittern.

Die Männer blieben mit ihren Pferden am Fuß des Hügels stehen, während Prinzessin Talin heranritt. Vor dem König hielt sie an, stieg ab und fiel auf die Knie.

„Majestät, wir wollen Euch dienen, Euch unterstützen", bat sie.

„Meinst du es ernst?", fragte der König.

„Ja, Vater, sonst wären wir nicht zurückgekommen. Wir befanden uns schon in Llyllia in Sicherheit. Doch wir wollten das Ostland nicht meinem Onkel Prinz Hrodwal mit seinen unberechenbaren Launen und meinem überheblichen Bruder Prinz Ranin überlassen."

Der König schaute zu Rowan, der nickte ihm ermutigend zu. So reichte der König der Prinzessin seine Hand. „Steh auf. Ich brauche Getreue und danke dir, dass du mir zu Hilfe gekommen bist."

„Wo ist Prinz Hrodwal? Wir befürchteten schon, zu spät zu kommen. Aber der Fluss war angeschwollen und hinderte uns am Übergang, so mussten wir weit in den Osten ausweichen, bis wir eine Hängebrücke fanden, über die wir den Fluss überqueren konnten."

Der König wies auf die überschwemmten Wiesen unterhalb des Hügels. „Dort lagerte er mit seinem Heer."

Die Prinzessin schaute scheu zu Rowan. „Hat er die Göttin so erzürnt, dass sie sich rächte?"

„Ihr tut besser daran, die Heiligen und Magier zu schützen, statt sie zu verachten", erwiderte Rowan ernst.

Die Prinzessin nickte. „Das werde ich tun, dass schwöre ich bei der großen Göttin Jaguar." Sie legte ihre rechte Hand auf ihr Herz, um den Schwur zu bestätigen.

„Ich benötige einen Nachfolger. Du bist klug, treu und mutig, Eigenschaften, die eine Königin besitzen sollte. Ich möchte dich zur Thronfolgerin ernennen", erklärte der König. Er sah seine Tochter eindringlich an.

Das Mädchen erblasste. „Ich bin doch nur eine Frau, zudem viel zu jung."

„Du wärst nicht die erste Königin in unserem Reich. Meine Söhne haben mich nicht unterstützt, Ranin hat sich sogar gegen mich gestellt." Der König lächelte schwach. „Außerdem bist du die Älteste von meinen Kindern."

„Aber ...", das Mädchen zögerte, doch dann fuhr es mutig fort: „Ich habe in manchen Dingen eine andere Sicht auf die Dinge als Ihr."

Der König nickte. „Rowan meint, ich solle mir weise Ratgeber holen. Er empfiehlt den alten Einsiedler von dem schroffen Felsen. Ich werde ihn bitten, zwischen uns zu vermitteln, wenn wir unterschiedlicher Ansicht sind. Ich hoffe, dass die Göttin mich noch eine Weile leben lässt. Du musst also nicht sofort die ganze Last der Verantwortung tragen, sondern hast Zeit, dich in die Regierungsgeschäfte einzuarbeiten. Wenn ich zu ängstlich oder stur bin, werden der Einsiedler oder Rowan mich in meine Schranken weisen."

Das Mädchen lächelte scheu.

„Bitte, sag ja, dann werde ich dich gleich zur Thronfolgerin ernennen."

Sie hob abwehrend die Hände. „Die Verantwortung ist so groß, darüber muss ich nachdenken."

Rowan gab dem König einen Wink, der nickte also zustimmend und Talin wandte sich ab, ging an den Rand des Hügels und schaute in die Ferne.

Eine Weile ließ Rowan sie in Ruhe nachdenken. Er suchte währenddessen die Verletzten auf und kümmerte sich um ihre Wunden. Als er damit fertig war, ging er zu Talin.

„Prinzessin Talin, ich weiß, es ist eine schwere Entscheidung, die für Euch recht überraschend ist. Leider ist Euer Volk in großer Not und braucht schnell eine tatkräftige Hand", sagte er leise.

Talin runzelte die Stirn. „Die Ihr meinem Vater nicht zutraut." Sie schwieg eine Weile. „Ihr habt recht. Wäre er es, wäre es nicht zu diesem Aufstand gekommen, dann hätte er bei den ersten Vorzeichen gehandelt, spätestens, als Ihr ihn gewarnt habt."

„Das wisst Ihr?"

Sie lachte. „Die Wände einer Burg sind manchmal nicht so dick, wie sie scheinen. Überall gibt es Ohren. – Aber ich habe noch einen zweiten Bruder. Chuldlin hat sich nicht am Aufstand beteiligt."

„Wo ist er jetzt?" Rowan beobachtete ihre Augen. Doch sie sah ihn offen an.

„Er soll in den Süden geflüchtet sein. Uns wurde zugetragen, dass Ranin es auf unser Leben abgesehen hatte."

Rowan schüttelte den Kopf. „Und ich habe immer bedauert, keine Geschwister zu haben."

Talin lachte. „Ranin mochte uns nie, aber Chuldlin und ich haben uns als Kinder immer gut verstanden. Doch mein jüngerer Bruder mochte sich nicht zwischen Bruder und Vater entscheiden. Aber wer bin ich, dass ich auf ihn zeige? Ich habe doch selbst die Flucht ergriffen, statt meinen Vater zu unterstützen."

„Sonst wärt Ihr sofort in den Kerker geworfen worden. Hrodwal hätte Euch in Geiselhaft genommen, um Euren Vater zu erpressen", erklärte Rowan. Die beiden schlenderten langsam am Rand des Hügels entlang und schauten sich die überfluteten Wiesen an.

Talin schluckte. Ihr liefen Tränen über die Wangen. „So viel Elend und Not, nur weil mein Onkel und mein Bruder gierig waren und Geld und Macht suchten, statt zufrieden zu sein, dass es ihnen gutging."

Rowan schwieg bedrückt. In seiner Heimat kämpften Adlige, Priester und Magier gegen eine fremde Macht und hier im reichen Ostreich entstand ohne vernünftigen Grund ein Bruderkrieg, der die Bevölkerung umbrachte.

„Ihr habt recht, Rowan. König Kustin braucht eine starke Hand an seiner Seite. Ich hoffe, ich enttäusche ihn und Euch nicht." Sie lächelte schwach. „Ich wurde auf diese Aufgabe nicht vorbereitet und suche sie nicht. Aber ich fühle mich verpflichtet, meinem Volk zu helfen." Sie schaute noch einmal über das Land, das zu ihren Füßen lag, dann drehte sie sich um und trat hochaufgerichtet auf ihren Vater zu. Sobald sie vor ihm stand, nickte sie und sagte: „Ich bin bereit, meinem Volk zu dienen."

Daraufhin ließ der König die Getreuen vor seinem Zelt versammeln und verkündete die Neuigkeit.

„Ich werde die Priester bitten, Prinzessin Talin als Kronprinzessin zu segnen und zu salben. Ich bin zuversichtlich, dass sie eine größere Herrscherin wird, als ich es gewesen bin."

Die Männer jubelten begeistert und schlugen mit ihren Schwertern gegen ihre Schilde. Rowan sah um sich herum nur zufriedene Gesichter. Prinzessin Talin wurde wahrhaftig vom Volk geschätzt. Sie war wesentlich beliebter als ihr Vater und ihre Brüder.

10.

Gleich nach der Feier am nächsten Tag begannen die Männer ein Floß für Haiwa und Rowan zu bauen, damit sie flussabwärts fahren konnten. Sie fällten

Bäume, banden die Baumstämme zusammen und zimmerten ein Ruder. Sogar ein Zelt stellten sie auf. Innerhalb weniger Stunden waren sie fertig.

Am nächsten Morgen verabschiedeten sich Rowan und Haiwa von König Kustin, Prinzessin Talin und ihren Männern. Der König brach ebenfalls auf, um mit den Kriegern die letzten Aufständischen zu suchen. Er hatte Rowan versprochen, nur die Anführer einzusperren, und die anderen auf ihn und die Kronprinzessin Treue schwören zu lassen.

Rowan führte sein Pferd und ein zweites, das ihm König Kustin geschenkt hatte, auf das Floß. Vorsichtig folgte ihm Haiwa und tastete sich langsam über die Baumstämme. Rowan band die Pferde an einen Pfosten, dann übernahm er das Ruder, während zwei Männer die Seile, die das Floß festhielten, lösten.

Da der Fluss noch immer viel Wasser führte, fuhren sie schnell stromabwärts. Gegen Mittag durchfuhren sie ein paar Stromschnellen. Die Pferde stampften unruhig hin und her, weil sie Schwierigkeiten hatten, das Gleichgewicht zu halten. Rowan musste mit seiner ganzen Kraft das Ruder festhalten, während das Floß wie ein Korken auf dem Wasser hin und her schleuderte. Haiwa war leichenblass. Verzweifelt krallte sie sich am Gestänge des Steuers fest. Einmal stürzte sie und rutschte bis zum Ende der Stämme. Rowan ließ das Ruder fallen, sprang hinterher und packte sie am Arm. Sie krallte sich an seinen Hals, sodass er ebenfalls rutschte. Im letzten Augenblick gelang es ihm, sich an ein Seil zu klammern und Haiwa mit eisernem Griff festzuhalten, bis sie in die Mitte der Baumstämme gekrochen war. Inzwischen trudelte das Floß, drehte sich im Kreis und stürzte eine

Stromschnelle hinab. Immer wieder schlug es gegen Felsen. Die Stämme lockerten sich, nun ließ sich das Floß kaum noch steuern. Zum Glück hatten sie die Stromschnellen bald überwunden und gerieten in ruhigeres Wasser, da das Flussbett breiter wurde. Rowan ruderte ans Ufer. Dort führte er die Pferde an Land und ließ sie grasen. Haiwa sackte zusammen, als sie versuchte, den Tieren zu folgen. Lächelnd trug Rowan sie an Land.

„Wir haben es geschafft. Wir leben noch und sind unserem Ziel ein großes Stück näher gekommen", sagte er und setzte sie unter einem mächtigen Nadelbaum ab.

Während Rowan die Stämme wieder fester zusammenschnürte, raffte Haiwa sich auf, sammelte Zweige, entfachte ein Feuer und briet von dem mitgegebenen Mehl Fladenbrote auf einem Stein. Nach dem Essen schob Rowan das Floß zurück ins Wasser, anschließend führte er die Pferde hinauf und band sie fest.

Ermutigend lächelte er Haiwa an. Es war ihr anzusehen, wie sie sich überwinden musste, um das schwankende Gefährt zu betreten. Erst als sie sich gesetzt hatte und sich an einem Seil festhielt, ruderte Rowan zur Flussmitte.

Eine Weile trieben sie flussabwärts. Doch dann wurde die Strömung wieder stärker und sie fuhren immer schneller. Die Felsen traten näher heran, bis das Flussbett schmal wurde und die Felswände steil an beiden Ufern aufragten.

„Müssen wir da durch?", fragte Haiwa ängstlich, kurz bevor sie in die Schlucht einfuhren. Sie schaute mit bangem Blick nach oben.

„Es gibt keinen anderen Weg. Die Durchfahrt dauert nicht lange", tröstete Rowan. Trotzdem schaute auch er gespannt hinauf, bis eine Stromschnelle seine ganze Aufmerksamkeit erforderte. Diesmal lenkte er das Floß geschickt durch die Felsen und Strudel, bis sie wieder herauskamen. Haiwa hatte sich gesammelt und sang währenddessen den Pferden ein Lied vor, um sie zu beruhigen.

„Der Knappe hat doch gesagt, dass es ungefährlich sei, den Fluss hinabzufahren", sagte sie, als das Gefährt wieder ruhig dahintrieb.

„So viel Wasser führt der Fluss sonst nicht", antwortete Rowan. In dem Augenblick krachte vor ihnen ein Stein von oben herab. Fast hätte er das Floß getroffen, das gefährlich schwankte.

„Komm von den Pferden weg!", schrie Rowan besorgt. Wie leicht konnte Haiwa von den Pferdehufen getroffen werden, da die Tiere jetzt aufgeregt wieherten und aufstampften.

Rowan lenkte das Floß ans andere Ufer. Da die Schlucht aber schmal war, befanden sie sich noch immer in Reichweite der Werfer, die sie von unten nicht erkennen konnten.

Der nächste Stein traf einen Baumstamm neben Rowan mit solcher Wucht, dass er auf der gegenüberliegenden Seite etwas aus dem Wasser herausragte. Sie gerieten ins Trudeln und Rowan hatte Schwierigkeiten, den Kurs zu halten. Wieder traf ein Felsbrocken die Stämme. Haiwa schrie erschrocken auf und kroch angsterfüllt zu Rowan ans Ruder.

„Trolle", stellte er fest. „Menschen können solche Felsen nicht werfen."

„Und wenn sie geschleudert werden?"

Rowan schüttelte den Kopf. „Nicht so schnell hintereinander."

Haiwa schaute nach oben. Tatsächlich konnte sie jetzt zwei Trollköpfe erkennen, die sich über den Rand des Abgrunds schoben.

Wieder schlugen Felsbrocken hinter ihnen ins Wasser und ließen das Floß unruhig tanzen. Es folgten große Steine. Einer davon traf Rowan an der Schulter. Er schrie auf und ließ das Ruder einen Augenblick los. Im nächsten biss er sich auf die Zähne und griff wieder beherzt zu. Doch auch Haiwa hatte schnell nach dem Ruder gegriffen und lenkte das Floß dicht an die Felswand auf der Seite, wo sich die Trolle befanden.

Dabei murmelte sie einen Spruch und als er nicht half, sang sie ihn laut. Rowan freute sich, dass sie sich an Sidawas Zaubersprüche erinnerte, obwohl sie nur eine Heilerin war. Schnell wiederholte er die Worte. Sofort schob sich die Sonne zwischen den Wolken hindurch und brannte erbarmungslos auf sie herab.

Rowan rann der Schweiß den Rücken hinab, während er krampfhaft das Ruder festhielt. Er steuerte von einer Seite zur anderen, um ihren Kurs unberechenbar zu machen. Die Pferde warfen die Köpfe, zerrten an den Seilen und schnaubten ängstlich. Über ihnen wurde es dunkler. Rowan hob den Kopf. Nebel verhüllte die Sicht auf den Fluss.

Haiwa ließ das Ruder los, band ihr Schultertuch ab, hielt es ins Wasser und wickelte es anschließend um Rowans Schulter, um sie zu kühlen. Zum Glück weitete sich die Schlucht wieder und die Felsen wurden flacher. Rowan achtete auf das Wasser, um das ursprüngliche Flussbett zu erkennen. Selbst als es dämmerte, fuhren sie weiter. Haiwa legte sich im Zelt

117

schlafen. Gegen Morgen stand sie auf und löste Rowan am Ruder ab. So trieben sie drei Tage lang flussabwärts, aßen die Vorräte, die sie auf Anweisung des Königs erhalten hatten, schliefen abwechselnd im Zelt und vertrieben sich die Zeit mit Liedern und Geschichten. Haiwa versorgte Rowans Schulter, legte Pflanzenblätter, die am Ufer wuchsen, auf die geprellte Stelle und sang Heil-Lieder, die sie von ihm lernte.

Zwischendurch legten sie an geeigneten Stellen an und ließen die Pferde weiden, ab und zu ritten sie ein kleines Stück am Ufer, um den Tieren Bewegung zu verschaffen. Manchmal machten sie etwas länger Rast, dann sammelten sie Pflanzen und Kräuter.

Die flache Gegend, durch die sie fuhren, wich hügeligem Gelände. „Wir müssen den Fluss verlassen", erklärte Rowan. „Er nimmt jetzt eine andere Richtung."

„Und wenn wir bis zur Mündung auf ihm fahren?", fragte Haiwa.

Rowan schüttelte den Kopf. „Auch im Magierreich gibt es einen Krieg. Wir würden mitten durch die Kampfgebiete fahren und niemand würde uns schützen können. Nein, wir reiten zu einem kleinen, unbekannten Kloster. Dort bist du in Sicherheit und kannst lernen, während ich weiterreise, um bei einem Freund meines Großvaters meine Ausbildung fortzusetzen." Er lächelte sie beruhigend an. „Das abgelegene Kloster hat berühmte Heilkundige hervorgebracht und besitzt eine große Sammlung an Heil-Liedern."

„Kannst du nicht bei mir bleiben?", verzagt schaute sie ihn an.

Rowan lächelte und strich ihr zart eine Haarsträhne aus dem Gesicht. „Das geht nicht. Ich brauche das Wissen für meine zukünftigen Aufgaben."

„Aber du weißt doch schon so viel. Du kannst den Fluss anschwellen lassen und die Bäume warnen dich. Was willst du noch wissen?"

Rowan lachte laut. „Das weiß ich noch nicht, aber Bunduar hält sehr viel von seinem Freund. Er meinte, das wäre der wichtigste Teil meiner Ausbildung. Deshalb sollte er zuletzt erfolgen, damit ich schon gut vorbereitet wäre. Leider verlief die Ausbildung bisher nicht wie gewünscht. Der erste Magier war gestorben und seine Tochter, seine Erbin, war selbst noch sehr unerfahren. Aus Llyllia mussten wir fliehen, da unsere Feinde, die jetzt im Magierreich wüten, die Burg belagerten und verlangten, dass der Burgherr mich herausgab. Im Ostreich erwies sich Magier Wudon als etwas unerfahren auf manchen Gebieten der Magie und Heilkunst, so konnte er mir nicht mehr allzu viel beibringen, was ich nicht schon wusste. Nur während der kurzen Zeit bei Sidawa habe ich viel gelernt."

„Hoffentlich erlebst du bei deinem nächsten Meister nicht wieder eine Enttäuschung."

Rowan nickte. „Das hoffe ich auch." Er steuerte das Floß auf eine Sandbank in Ufernähe. Dort stiegen sie aus und Rowan löste die Seile, die die Baumstämme zusammenhielten, bevor er sie in der Strömung davonschwimmen ließ. Anschließend sattelten sie die Pferde und beluden sie, und ohne Essenspause ritten sie, bis es dunkel wurde. Im Schutz eines alten Baums nächtigten sie.

Bei Sonnenaufgang am nächsten Tag brachen sie auf. Die Gegend wurde immer gebirgiger. Es waren enge Täler, in denen die Sonne kaum hineinschien, und hohe, bewaldete, felsige Berge. Sie kamen nur mühsam voran. Rowan folgte der Beschreibung, die ihm Zonbuar gegeben hatte. Trotzdem hatte er am zweiten Tag das Gefühl, sich verirrt zu haben.

Sie rasteten mitten im Wald.

„Gibt es hier Trolle?", fragte Haiwa und schaute sich suchend um.

Rowan schüttelte den Kopf. „Nein, bei uns im Magierreich gibt es keine Trolle. Du brauchst dich nicht zu fürchten."

„Und die Drachen und Echsenkrieger?" Inzwischen hatte Rowan ihr von ihnen erzählt.

Rowan beruhigte sie, auch wenn er selbst gar nicht so sicher war. „In diese engen Täler kommen sie nicht."

In der Nacht wurde es empfindlich kalt. Am Morgen lag auf den Gräsern und Sträuchern Raureif. Die Bäume hatten sich über Nacht wunderschön verfärbt. Hier im Gebirge begann der Winter früh.

Nach dem Erwachen entfachte Haiwa das Feuer, das ausgegangen war. Rowan setzte sich auf einen Stein am Bach, wo er magische Kräfte spürte. Er versenkte sich, bis der Geist des Bachs erschien.

„Rowan, kommst du, Bunduar zu unterstützen?"

„Nein, ich bin auf dem Weg zum ...", doch irgendetwas störte ihn. Der Geist war anders als seine Brüder. Rowan konnte nicht sagen, was ihn hemmte, aber eine innere Stimme warnte ihn. Deshalb brach er den Satz ab. Es war zu gefährlich, ihr Ziel zu nennen. „Kräutersammeln", fuhr er fort. „Nur hier wachsen die

Himmelhaare. Dazu muss ich zum Weißkopfgipfel. Aber ich habe mich verirrt. Kannst du mir helfen und den Weg beschreiben?"

„Nie davon gehört. Wozu brauchst du das Kraut?"

„Es hilft gegen schlimmste Vergiftungen, ebenso gegen Verbrennungen."

Der Geist verzog sein Gesicht zu einem Grinsen. „Meinst du den Greisengipfel mit der schneebedeckten Spitze? Das ist der höchste Berg. Du musst noch zwei Tage zu Fuß weiter. Die Pferde schaffen den Weg nicht, er ist viel zu steil."

„Wo ist der Weißkopf?", drängte Rowan.

„Reite in meinem Flussbett weiter, bis das große Tal kommt, dort musst du meinem Bruder flussaufwärts folgen. Wenn das Tal zu schmal wird, müsst ihr die Pferde zurücklassen und zu Fuß den Berg im Norden hinaufsteigen. Der Weißkopf liegt hinter diesem ersten Berg."

Rowan bedankte sich. „Mein Pferd hat einen entzündeten Huf, ich werde lieber durch den Wald reiten, auch wenn der Weg mühsamer ist", sagte er, bevor er ein paar Kräuter opferte.

„Hat dir der Geist den Weg erklären können?", fragte Haiwa und reichte Rowan gebratene Pilze.

„Ja, wir brauchen noch zwei bis drei Tage zum Weißkopfgipfel", sagte Rowan. „Vorher suchen wir hier Früchte, Wurzeln und Pilze, weiter oben im Gebirge wird es schwieriger werden, etwas zu essen zu finden."

Haiwa schaute ihn verwundert an, da Rowan bisher immer gedrängt hatte, dass sie sich beeilen mussten, sie fragte aber nicht nach. Rowan würde seine Gründe haben, hier nach Essbarem zu suchen. Sie traten das niedergebrannte Feuer aus und nahmen die Pferde am Zügel. Langsam und suchend zogen sie durch den Wald, gruben Wurzeln aus, fanden Nüsse und wohlschmeckende Pilze.

Als sie weit genug vom Bach entfernt waren, flüsterte Rowan: „Mir hat der Geist nicht gefallen. Mir schien, als lauerte er, ich hatte das Gefühl, er wolle mich in eine Falle locken."

„Aber die Geister sind dir doch wohlgesonnen", wunderte sich Haiwa.

Rowan zuckte die Achseln. „Wohl nicht jeder. Vielleicht haben die dunklen Mächte ihn überzeugt, dass sie die besseren Herren im Magierreich sind. Aber wenn die Täler sehr schmal sind, können die Drachen uns nichts anhaben und für die Echsenkriegern ist es hier zu kalt."

„Und was ist der Weißkopfgipfel? Gibt es ihn wirklich?"

Rowan nickte. „Ja, es ist der höchste Berg hier. Aber wir wollen in eine andere Richtung."

Statt am Bach entlangzureiten, folgten sie den Bergkämmen. Auf einem Bergrücken, wo die Bäume vom Sturm entwurzelt lagen, schauten sie über das Gebirge.

„Dort hinten ist der Weißkopfgipfel", erklärte Rowan und zeigte nach Westen.

„In die andere Richtung zieht sich das Gebirge viel weiter", meinte Haiwa.

„Ja, aber die Berge sind niedriger."

Suchend schaute Rowan sich um. Er erinnerte sich an Zonbuars Beschreibung. Zwei Tagesreisen vom Weißkopfgipfel entfernt durch enge Täler ziehen. Er hoffte, nicht wieder auf diesen Bach zu stoßen. Ob die anderen Bäche ebenfalls nur mit Vorsicht zu befragen waren? Woher sollten sie dann das Trinkwasser nehmen? Wenigstens waren ihre Trinkbeutel noch gefüllt.

In der folgenden Nacht trauten sie sich nicht, Feuer zu entfachen. Eng aneinandergeschmiegt schliefen sie im Schutz einer mächtigen Tanne.

Die niedrigen Äste hielten die Nachtfeuchtigkeit ab und die abgefallenen Nadeln am Boden bildeten eine weiche und wärmende Unterlage.

Früh am Morgen wachten sie auf. Rowan fühlte sich gleich beobachtet. Besorgt griff er nach seinem Schwert. Da hörte er ein vertrautes Lachen.

„Sirii", rief er erfreut aus.

„Na, verlaufen?", fragte Sirii grinsend.

„Auf jeden Fall nicht auf dem kürzesten Weg zum Weißkopfgipfel."

Sirii zog verwundert die Augenbrauen zusammen.

„Der Bachgeist wies mir den Weg, doch wir mussten noch Essbares sammeln, außerdem darf mein Pferd mit dem entzündeten Huf nicht lange durch Wasser laufen."

Sirii nickte verstehend. „Ich zeige euch den Weg. Hier auf dem Kamm lässt es sich gut vorankommen. Für eure Pferde ist der Weg bequemer."

„Kennst du alle Berge und Flüsse im ganzen Land?", fragte Haiwa erstaunt.

Sirii schüttelte den Kopf. „Nein, aber ich habe meine Brüder gefragt, die haben mir den Weg genau beschrieben."

„Zonbuar auch, aber er hatte angenommen, dass ich weiter von Südosten und nicht von Nordosten komme."

Mit Sirii als Führer kamen sie gut und schnell voran. Er vermied ein paar Rinnsale, die den Berg hinabflossen und führte sie stattdessen zu anderen Wasserläufen.

„Hier ist die Wasserscheide, ein Teil fließt in den verräterischen Bach und mündet im Osten in dem großen See, der andere folgt dem großen Fluss Fandris."

„Der Flussgeist hat uns sehr geholfen."

„Ich habe schon gehört, dass König Kustin Prinz Hrodwal dank deiner Hilfe besiegt hat."

Ob der Geist deshalb so seltsam klang, stand dieser gar auf Seiten der Aufrührer? Rowan sprach es nicht aus, aber er war sich sicher, dass Sirii seine Sorge bezüglich der Echsen auch so verstand.

„Einige Bäche sind den Zwergen und Trollen wohlgesonnen", erwiderte er leise.

Rowan nickte. Das war ihm lieber, als wenn der Bachgeist den Echsenkriegern helfen würde.

Als ob Sirii seine Gedanken gelesen hätte, meinte er: „Hierher sind die Eindringlinge aus dem Norden nicht gekommen. Die Täler sind zu schmal und es ist zu kalt. Außerdem leben nur sehr wenige Menschen in dieser Gegend."

In der Nacht suchten Haiwa und Rowan unter einem Felsvorsprung Unterschlupf. Wieder wärmten sie sich gegenseitig, während der unermüdliche Sirii unter einem benachbarten Baum Wache hielt.

Am folgenden Tag wanderten sie ohne Zwischenfälle weiter bergauf.

Am Abend standen sie vor einem Abgrund, auf dessen gegenüberliegender Talseite sich eine steile

Felswand befand. Sirii wies hinüber. „Ihr müsst den schmalen Pfad dort drüben hinaufsteigen."

Rowan nickte. Er erinnerte sich, dass Zonbuar ihm erklärt hatte, dass das Kloster in die Felsen hineingebaut wäre und vom Tal kaum zu erkennen sei.

„Ich werde gerufen! Eine weitere Aufgabe wartet auf mich", sagte Sirii und verabschiedete sich.

Mühsam machten sich Rowan und Haiwa an den Abstieg. Er war so steil, dass sie die Tiere führen mussten. Endlich erreichten sie die Talsenke. Nach einer Rast banden sie die Vorderbeine der Pferde zusammen, damit die Tiere nicht weglaufen, aber bequem weiden konnten.

Anschließend suchten sie sich einen geschützten Platz für die Nacht. Als die Sonne am Morgen aufging, versteckten sie Waffen, Sättel und Zaumzeug unter einen Felsen, dann schulterten sie ihr Gepäck und begannen den anstrengenden Aufstieg.

Nach ein paar Stunden rasteten sie erschöpft. Der Weg war sehr steil und schmal, manchmal nur einen Fuß breit. Vorsichtig mussten sie am Abgrund entlangbalancieren.

Rowan redete beruhigend auf Haiwa ein und nahm sie an die Hand, wenn sie kaum Platz für ihre Füße hatten. Er hoffte, dass sie auf dem richtigen Weg waren. Wie konnten die Nonnen sich dort oben bloß versorgen?

Die Sonne hatte schon längst den Zenit überschritten, als sie endlich vor einer Mauer standen, die sich aus der Ferne nicht von den Felsen abhob. Aber so sehr sie auch suchten, sie fanden kein Tor.

Deshalb riefen sie laut und baten um Einlass. Aber niemand antwortete. Rowan wurde besorgt. War das

Kloster vielleicht längst verlassen? Waren die Drachen hier eingedrungen und hatten die Bewohner getötet?

Haiwa standen Tränen in den Augen. „Wo soll ich hin, wenn hier niemand lebt?"

„Dann nehme ich dich mit. Irgendwo finden wir schon einen sicheren Ort für dich."

Er setzte sich auf den schmalen Weg, ließ die Beine in den Abgrund hängen und stimmte eine uralte Ballade an, die ihm seine Mutter beigebracht hatte. Sie handelte von den Anfängen des Magierreichs, von dem Stammvater König Bunduar und den heiligen Katzen. Seine schöne Stimme schallte weit über das Tal. Als er die letzte Strophe gesungen hatte, fragte Haiwa leise: „Ist das nicht gefährlich? Jetzt wissen alle, dass wir da sind."

„Echsen und Drachen scheinen momentan nicht hier zu sein. Die Trolle schaffen es den steilen Weg sowieso nicht herauf."

„Aber wenn wir hinuntergehen, erwarten sie uns."

Rowan lächelte und zog sie in seine Arme. Er spürte, wie sie zitterte.

„Sorge dich nicht. Sirii passt auf uns auf."

Dann begann er ein weiteres Lied, einen Gesang, den der Hohepriester Garudin bei besonderen Anlässen vortrug. Ein Lobgesang auf die Göttin Jaguar. Als er nach der fünfundzwanzigsten Strophe aufhörte, war sein Hals trocken und er zog seinen Trinkbeutel hervor und trank ein paar Schluck.

„Wie kann man hier auf diesen Felsen leben?", flüsterte Haiwa. „Woher kommt das Wasser? Wie können sie die Nahrung diesen Weg hinauftragen?"

Rowan zuckte die Schultern. „Ich weiß es nicht. Vielleicht gibt es noch einen anderen Weg. Oder sie lassen Körbe hinunter und ziehen sie herauf."

Vorsichtig beugte sich Haiwa vor. Unter ihnen in der Schlucht konnte sie ganz klein die Pferde erkennen. Entsetzt schloss sie die Augen.

„Ich glaube, ich bleibe hier. Ich traue mich nicht, zurückzulaufen."

„Dabei lebst du doch seit Jahren im Gebirge", wunderte sich Rowan.

„Bei uns ist es steil und mühsam. Aber man kann noch die Füße setzen und laufen. Hier muss man doch den ganzen Weg klettern und läuft immer Gefahr hinabzustürzen."

Rowan nickte. Dann stimmte er das nächste Lied an. Ein uraltes Magierlied, das ihm Bunduar bereits als kleines Kind beigebracht hatte. Alle Magier der Familie beherrschten es. Nur König Wilhar, Bunduars Neffe, und der Thronfolger Ottgar kannten es nicht, obwohl sie aus der Magierfamilie stammten, da sie keinerlei magische Fähigkeiten besaßen.

„Wer stört unsere Ruhe?", rief eine knorrige Stimme über ihnen.

„Rowan, der Enkel Bunduars. Meine Gefährtin, die Heilerin Haiwa, stammt aus dem Ostland. Sie hat bei der Hexe Sidawa gelebt und gearbeitet, bis Prinz Hrodwal Magier und Hexen verfolgte. Sie floh und sucht jetzt einen sicheren Platz, wo sie bleiben und lernen kann."

„Wir nehmen niemanden auf."

„Seit wann verweigern Klöster Schutzbedürftigen die Zuflucht?", rief Rowan verärgert.

„Wir nehmen keine Fremden und erst recht keine Hexen." Die Abfuhr klang kalt.

„Aber Magiern öffnet Ihr die Tore?"

„Nur aus dem Magierreich. Sie achten die Göttin."

Haiwa mischte sich ein und rief erregt: „Auch wenn ich aus dem Ostland stamme, verehre ich trotzdem die Göttin Jaguar. Sie hat uns die Fähigkeit gegeben, auf die Naturgeister Einfluss zu nehmen. Was die gewöhnlichen Menschen als Hexerei bezeichnen."

Als keine Antwort kam, fragte Rowan: „Hat Bunduar Euch nicht vor zwanzig Jahren von der Bergseuche geheilt? Seid Ihr ihm nicht einen Gefallen schuldig?"

„Bunduar weiß nichts von euch, sonst hätte er uns benachrichtigt", gab die alte Nonne laut zur Antwort.

„Wie kommt Ihr zu dieser Annahme?" Rowan musste sich zusammenreißen, seine Stimme nicht allzu verärgert klingen zu lassen, zumal er fast schreien musste, um die Distanz zu überbrücken. „Bunduar ist mein Großvater. Er kämpft gemeinsam mit König Wilhar gegen die Eindringlinge. Deshalb können wir auch nicht nach Wanroe. Von Bunduar habe ich den Auftrag weiterzuziehen und bei einem Freund von ihm zu lernen. Vorher muss ich aber einen sicheren Platz für Haiwa finden."

„Und wenn du den nicht findest?", fragte die Nonne scharf.

„Dann kann ich nicht weiterziehen", gab Rowan verärgert zurück. Warum nur waren die Nonnen so unfreundlich? Überall sonst wurde im Magierreich die Gastfreundschaft hochgeschätzt und jedem Fremden ein Lager angeboten.

Eine Weile blieb es still. Rowan befürchtete schon, dass sie auf dem schmalen Weg übernachten mussten.

„Wenn ich einschlafe, falle ich hinunter", flüsterte Haiwa mit heiserer Stimme.

Rowan zog sie in seine Arme und strich mit der Hand über ihre Haare. „Wir schaffen das schon."

Über ihnen knarrte es und als sie hochschauten, sahen sie, wie ein großer Korb herabgelassen wurde.

„Steigt ein, Rowan zuerst", befahl die Stimme.

„Kann Haiwa nicht die Erste sein? Sie ist erschöpft", bat Rowan.

Doch die Nonne war unnachgiebig. Also kletterte Rowan hinein und ließ sich in die Höhe ziehen. Der Korb schaukelte gefährlich hin und her. Krampfhaft klammerte sich Rowan an die Seile, an denen der Korb hing. Als er die Mauerkante erreichte, wurde der Korb herumgeschwenkt und er befand sich vor einem Mauerumlauf. Die Brüstung reichte ihm bis zur Schulter. Mit einem großen Schritt betrat er den Weg.

Er staunte, denn hinter der Mauer gab es mehr Platz, als er erwartet hatte. Auf dem kleinen Plateau befanden sich mehrere Gebäude.

Zwei junge Frauen in einem grauen Gewand standen in einem Laufrad, bereit, den Korb herabzulassen.

Davor stand mit verkniffenem Gesichtsausdruck eine alte Nonne, deren graues Gewand rote Ränder aufwies, an denen Rowan sie als Äbtissin erkannte.

„Warum schleppt Bunduars Enkel uns diese fremde ostianische Hexe an? Aus dem Ostreich kommt momentan nur Böses", fragte sie und funkelte ihn böse an.

Rowan schaute in ihr runzeliges Gesicht. Klare blaue Augen durchbohrten ihn.

„Ihr seid Holdwin? Zonbuar hat von Euch berichtet", fragte Rowan und als die Äbtissin kaum sichtbar nickte, fuhr er fort:

„Haiwa hat mein Leben gerettet, als ich verletzt war. Außerdem fühle ich, dass wir füreinander bestimmt sind", gestand Rowan.

„Und was sagt Bunduar dazu?", fragte die Oberin mit einem verächtlichen Blick.

„Er kennt sie nicht. Wenn die Gefahr gebannt und meine Lehrzeit beendet ist, werde ich sie ihm vorstellen. Ich bin sicher, dass er mit meiner Wahl einverstanden ist." Er lächelte die Alte freundlich an.

„Das kommt davon, wenn man seine Kinder in die Fremde schickt …", erklärte die Alte kopfschüttelnd.

„Haiwa weiß nichts von meinen Gefühlen und von dem, was ich in der Kristallkugel gesehen habe. Sie ist fast noch ein Kind. Erst einmal muss sie eine sichere Bleibe haben und weiter lernen. Wenn die Glaskugel dann immer noch dasselbe sagt, werde ich um sie werben." Rowan schaute die Nonne fest an.

Die Alte nickte. „Gut, wenn du weiterziehst, kann sie bei uns bleiben. Bunduar würde mich zur Rechenschaft ziehen, wenn du bei uns deine Partnerin auswählst."

Der Korb wurde wieder hinausgeschwenkt und langsam zu Haiwa herabgesenkt.

Rowan musste ihr von oben gut zureden, damit sie in den schwankenden Korb einstieg und sich hochziehen ließ.

„Es gibt keinen anderen Eingang", erklärte Holdwin, als das Mädchen ausgestiegen war. Sie musterte Rowans Schützling ausgiebig, sah ihr in die Augen und sagte schließlich: „Du darfst hierbleiben, weil Bunduar uns einst gerettet hat. Aber sobald wir mitbekommen, dass du es nicht ehrlich meinst, werden wir dich hinauswerfen, dann musst du sehen, wie du allein zurechtkommst. In den Bergen war das schon immer schwierig. Es gibt Raubtiere und wenig essbare Pflanzen. Momentan ist es noch gefährlicher, weil die Trolle und Zwerge uns Menschen hinter der ostianischen Grenze überfallen. Dazu sind Drachen und Echsenkrieger im Land und verwüsten es."

Rowan zog die Augenbrauen verwundert hoch.

„Bunduar hat alle Klöster, Heiligtümer, Einsiedler gewarnt. Wir verlassen das Kloster nicht mehr", fuhr sie fort.

„Wie könnt ihr hier leben?", fragte Rowan erstaunt.

Ohne zu antworten, winkte die Nonne ihnen zum Zeichen, dass sie ihr folgen sollten. Sie führte die beiden über einen schmalen Küchengarten am Fuße der Mauer zu einem aus Felsenbrocken gebauten Gebäude, in dem sich der Essraum befand. Bestimmt dreißig Nonnen saßen an einem langen Tisch und aßen eine Suppe. Rowan und Haiwa wurden ans Ende der Tafel gesetzt und erhielten ebenfalls eine Schale mit Essen.

Dankbar schlürften sie die warme Mahlzeit. Erheitert bemerkte Rowan, wie die Nonnen versuchten, sie möglichst unauffällig zu mustern, während sie schweigend weiteraßen.

„Marlin, zeige dem Mädchen ihren Schlafplatz", befahl die Äbtissin einem Mädchen, das sicher jünger als Haiwa war.

Haiwa stand auf, fragend schaute sie zu Rowan, doch der schüttelte seinen Kopf. „Ich darf hier nicht herumlaufen, dass ist in Nonnenklöstern Vorschrift.

Die Äbtissin ist so nett, mir für die Nacht Obdach zu gewähren, morgen früh ziehe ich weiter. Du weißt, ich muss meinen Auftrag erfüllen." Er lächelte sie aufmunternd an. „Du bist hier sicher und wirst viel lernen. Ich wünsche dir alles Gute. Möge die Göttin dich behüten."

Haiwa neigte ihren Kopf. „Die Göttin sei mit dir, Rowan." Dann folgte sie der jungen Novizin.

Die Äbtissin trat zu Rowan. „Unser Gottesdienst beginnt gleich, du kannst teilnehmen. Du hast, wie ich hörte, eine wunderbare Stimme, so etwas Schönes ist uns nicht alle Tage vergönnt."

Rowan nickte zustimmend.

„Drawin wird dich in den Garten führen. Dort siehst du, wovon wir leben."

Rowan dankte ihr und folgte einer älteren Nonne.

Das Kloster war erheblich größer, als er gedacht hatte. Vom Mauerumlauf aus hatte er schon gesehen, dass sich zwischen Mauer und Hauptgebäude ein kleiner Kräutergarten und mehrere Wirtschaftsgebäude befanden. Nachdem sie den Speisesaal durchquert hatten, betraten sie auf der anderen Seite einen langen Gang, von dem die Schlafräume der Nonnen abgingen. Rowan folgte Drawin auf dem Fuß, denn die Fackel beleuchtete den Weg nur schwach. Ihm gruselte. Es kam ihm hier wie im Verlies von Burg Eichenfels vor, aus dem er Ottgar befreit hatte.

Doch dann wurde es wieder heller. Durch Fenster erkannte er den mondhellen Nachthimmel. Sie traten ins Freie. In diesem größeren Hof wuchs Gemüse, auf jedem Felsvorsprung war etwas angebaut und auf einem Felsen hörte er sogar Hühner gackern. Ziegen weideten auf den Dächern der Gebäude.

„Wie viele Nonnen leben hier?", fragte er erstaunt.

„Achtunddreißig Nonnen und siebenundvierzig Mönche."

Rowan schaute sie überrascht an.

„Wir leben getrennt. Die Mönche leben auf der anderen Bergseite. Die Ziegen gehören zu ihrem Teil."

„Gibt es dort einen Weg den Berg hinauf?", erkundigte sich Rowan.

Drawin schüttelte den Kopf. „Ihr habt den einzigen Weg zum Kloster genommen, den es gibt."

„Können die Drachen euch nicht von oben angreifen?", fragte Rowan. Er grübelte noch immer, wie die Mönche und Nonnen die Baumaterialien den Berg heraufgeschafft hatten.

„Sie haben uns noch nicht entdeckt. Aber der Berg schützt uns." Sie vollführte mit ihrem Arm eine Kreisbewegung, um auf die Felsen hinzuweisen, die die Klosteranlage auf allen Seiten überragten. Die Gebäude und die Höfe lagen verborgen in einer schützenden Mulde. Vom Tal war es kaum zu erkennen. „Notfalls verstecken wir uns in den unterirdischen Kammern. Wir haben genug Vorräte gelagert, um lange Zeit versteckt zu leben."

Rowan nickte. „Woher stammt das Wasser?"

„Wir fangen das Regenwasser auf und leiten es in die Zisternen."

Sie zeigte ihm einen Teich. „Das ist nur ein kleiner Teil der Anlage, der größte Teil unserer Wasservorräte ist in einer Höhle unter uns. Die Höhlen gab es schon im Berg, als die ersten Mönche hierherzogen. Sie haben sich das Höhlensystem zunutze gemacht."

Rowan sah sich um. „Ihr lebt in einer abgeschiedenen Gemeinschaft."

133

„Wer hierherkommt, sucht Ruhe und Stille. Den größten Teil des Tages gehorchen wir dem Schweigegebot. Hoffentlich kommt dein Schützling damit klar."

Rowan nickte. „Ich hoffe es auch. Aber sie hat die letzten Jahre in einer Berghütte bei einer alten Hexe gewohnt."

„Hexen", es klang verächtlich.

„Sidawa war heilkundig und hilfsbereit. Sie hat viel Gutes getan. Sie liebte ihre Heimat, sonst wäre sie nicht zurückgekommen, nachdem König Manrax die Magier und Hexen vertrieben hatte. Leider war es keine gute Entscheidung. Prinz Hrodwal hat sie gefoltert und verbrannt."

„Wir werden für sie beten."

Rowan nickte. „Ich bete auch regelmäßig für sie. Sie war eine großartige Frau." Mit Wehmut erinnerte er sich an die alte weise Hexe, die ihn so viel gelehrt hatte.

Während sie sich unterhielten, versammelten sich die Nonnen auf den Felsen oberhalb der Kammern, auf der gegenüberliegenden Seite des Hofs fanden sich die Mönche auf den Hausdächern ein. Der Abt und die Äbtissin standen im Hof zwischen den Beeten und sangen und beteten. Bei einigen Liedern stimmten die einfachen Ordensleute mit ein, bei anderen hörten sie zu.

Auf einen Wink der Äbtissin trat Rowan an die Kante des Felsens und sang das Lied des Hohepriesters Garudin. Seine Stimme war in den letzten Jahren tiefer und kräftiger geworden. Er sang häufig bei der Arbeit, wenn er Heilmittel zusammenrührte, manchmal auch im Freien. Aber vor Zuhörern war er schon lange nicht mehr aufgetreten. Von einem Magier erwartete niemand, dass er es mit den besten Sängern des Landes aufnehmen konnte.

Erstaunte Ausrufe folgten seinem Vortrag. Der Abt fuhr mit dem Gottesdienst fort. Er bat die Göttin um Frieden und verbrannte in einer Bronzeschale als Opfer für sie kostbares Öl. Wohltuender Zedernduft breitete sich aus. Steil stieg gelber Rauch in den Himmel.

Rowan wertete es als gutes Omen für seinen Schützling. Die Göttin war dem abgelegenen Kloster wohlgesinnt. Er war froh, Haiwa hierhergebracht zu haben. Sicher würde sie sich nach einer Weile hier wohlfühlen, Magianisch reden und schreiben lernen und sich in der Heilkunst vervollkommnen.

Der Mond ging auf und beleuchtete die Berge, als der Gottesdienst mit einem Segen der Äbtissin endete und alle schweigend in ihren Kammern verschwanden.

Rowan suchte in der Menschenmenge nach Haiwa, fand sie aber nicht. Er hatte keine Kammer zugewiesen bekommen. Da es keinen direkten Zugang zu der Außenmauer gab, durchquerte er den Gang und den Speiseraum und legte sich vor der Mauer auf die sonnendurchwärmten Steine. Seinen Umhang benutzte er als Decke.

11.

„Wacht auf, Ihr habt einen weiten Weg vor Euch." Die alte Nonne Pförtnerin weckte ihn, obwohl es noch dunkel war. Sie reichte ihm ein Tuch, in dem Brot und

Früchte eingeschlagen waren, und seinen gefüllten Trinkbeutel.

Rowan dankte.

„Wenn Ihr uns einen Gefallen tun wollt, so singt, während Ihr im Korb sitzt. Dann fällt uns die Arbeit leichter."

Rowan nickte lächelnd. „Ich werde für Euch singen und beten", versprach er, bevor er in den Korb stieg. Er wurde hochgezogen und nach außen geschwenkt. Dann wurde der Korb langsam herabgelassen. Rowan sang, wie er es versprochen hatte. Erst ein paar Dankeslieder an die Göttin, später alte Balladen, die er bei seiner Mutter gelernt hatte. Er wurde immer lauter, da die Entfernung größer wurde. Seine Stimme hallte von den Bergen wider. Ein Schauer überlief ihn, als er das Echo hörte.

Der Korb hielt nicht am Ende des Pfades, von wo aus sie am vorherigen Tag um Einlass gebeten hatten, sondern senkte sich weiter hinab.

Nach einer Weile, die er ruhig im Korb verbracht, die Umgebung mit scharfen Augen beobachtet und dabei weitergesungen hatte, erreichte er den Boden an einer Stelle, wo wieder Bäume wuchsen. Er stieg aus, sammelte auf der Erde liegende Äste, pflückte rasch ein paar essbare Früchte und Pilze und legte sie in den Transportkorb. Mit einem Dankesgebet gab er das Zeichen, den Korb wieder hochzuziehen.

Es ging schneller als seine Talfahrt. Wahrscheinlich hatten die Nonnen ihn besonders vorsichtig heruntergelassen.

Mit großen Schritten eilte er zur Talsenke. Dort suchte er das versteckte Gepäck, lief zu den Pferden, löste die Stricke an ihren Vorderbeinen, zäumte sie auf und sattelte sie. Inzwischen graute der Morgen, sodass er gefahrlos reiten konnte.

Erst gegen Mittag machte er an einer Quelle Rast und stärkte sich an den mitgegebenen Vorräten.

In den folgenden Tagen hielt Rowan sich abseits von Siedlungen und mied dicht bewaldetes Gebirge, um etwaigen Feinden auszuweichen. Sirii warnte ihn zweimal vor Gefahren und wies ihm einen sichereren Weg.

Dank des Mundvorrates der Nonnen, brauchte er keine Nahrung zu suchen, sondern konnte mit kurzen Pausen weiterreisen. Da er zwei Pferde hatte, wechselte er sie, sobald eins erschöpft war. Ab und zu stieg er ab und führte die Tiere, um sie zu schonen. Alle paar Stunden machte er eine kurze Pause, damit die Pferde sich erholen und grasen konnten. Er selbst machte dann ein Nickerchen. Auch in der Nacht ruhte er nur kurzzeitig, bevor er sich wieder aufmachte. Die Sorge um Ottgar und Mardok trieb ihn an. Er bezwang seine Erschöpfung und kämpfte sich weiter voran. Trotz der Pausen waren er und die Tiere nach ein paar Tagen so kraftlos, dass er eine Burg in Llyllia aufsuchte. Er versteckte Loidins Hengst in einem nahegelegenen Wäldchen, damit der Burgherr nicht sah, dass er mit zwei Reittieren unterwegs war, und ritt mit dem Pferd des Ostreichs zur Burg. Dort gab er sich als Kurier aus, der von König Kustin zu König Baruan, dem Herrscher von Llyllia unterwegs war.

„Ich bin auf dem Weg von Trollen angegriffen worden und konnte nur durch eine rasche Flucht entkommen. Leider habe ich mein Tier dabei überanstrengt. Könnt Ihr mir ein Reittier geben?", bat er.

Der Burgherr gewährte ihm Gastrecht, verpflegte ihn und gab ihm ein Bett zum Schlafen. Am nächsten Morgen bedankte sich Rowan und versprach, sich bei Gelegenheit erkenntlich zu zeigen. Der Burgherr überließ ihm ein Pferd und händigte ihm eine Botschaft an König Baruan aus.

Der Wallach war leider wesentlich schlechter als das eingetauschte Tier. Doch es war ausgeruht. Nachdem er Loidins Hengst aus dem Versteck geholt hatte, machte er sich auf den Weg. Mit dem frischen Pferd kam er wieder schneller voran.

Drei Tage später erreichte er endlich die Felsenburg. Seine Freunde waren erleichtert, ihn wohlbehalten wiederzusehen. „Wir hatten schon Angst, dass du nicht zurückkehrst", meinte Ottgar.

„Ich bin leider zu spät gekommen. Sidawa und Wudon sind ermordet worden", erzählte Rowan niedergeschlagen.

„Und das junge Mädchen?", fragte Ottgar.

„Haiwa habe ich in Sicherheit gebracht. Sie wird weiter lernen können und eine große Heilerin werden."

Loidin schickte sogleich einen Boten zu König Baruan, um die Botschaft des gastfreundlichen Burgherrn zu überbringen.

„Es ist am besten, wenn ihr weiter nach Norden reitet", schlug Loidin vor, als sie am Abend in kleiner Runde vor einem Feuer in der Kemenate saßen und überlegten, wo sie sich in Sicherheit bringen sollten.

„Aber da kommen die Echsenkrieger und Drachen doch her", widersprach Marduk.

„Sie kommen aus dem Vulkangebiet nördlich von Llyllia. Aber sie verhalten sich in Llyllia in letzter Zeit friedlich, wahrscheinlich, weil sie alle Kräfte sammeln, um das Magierreich zu zerstören."

Rowan zog seine Augenbrauen zusammen. „Um das Ostreich brauchen sie sich nicht zu kümmern, das ist so zerrissen, dass es bei einem Angriff keinen Widerstand leisten kann."

„Kommst du mit uns?", fragte Ottgar und schaute seinen Freund bittend an.

„Bunduar möchte, dass sein Enkel bei Zwandir im Sumpfland weiterlernt", erklärte Loidin. Rowan hörte seiner Stimme an, dass er gereizt war. Wahrscheinlich hatte Ottgar schon öfter darüber gesprochen.

„Und ich und Mardok? Sollten wir nicht auch König Matrin vom Sumpfland kennenlernen?", erkundigte sich Prinz Ottgar.

„Ihr sollt euch verstecken und unauffällig verhalten. Ihr könnt meinen Vetter, den Grafen Warlon, der im nordwestlichen Llyllia wohnt, besuchen. Er lebt so abgeschieden im tiefen Wald, dass nur sehr selten Besucher bei ihm vorbeischauen. Ihr gebt euch für Verwandte aus dem Ostreich aus, die vor den Unruhen in ihrer Heimat geflohen sind." Loidin klang nicht so, als ob er einen Widerspruch dulden würde. Rowan vermutete, dass alles längst mit König Wilhar, dem Waffenmeister Peruan und dem Obermagier Bunduar abgesprochen war.

„Als einfache Ritter, die keine eigene Burg besitzen, sondern für einen Herrn kämpfen", fuhr Loidin fort.

„Aber wir sind doch noch gar keine Ritter", wandte Ottgar ein. Er wirkte traurig. Im Ostreich wäre er bald zum Ritter geschlagen worden.

139

„Mardok schon", meinte Rowan.

„Ottgar auch", erklärte Loidin. Er zog sein Schwert aus der Scheide und wies Ottgar mit einer herrischen Geste an, sich hinzuknien.

Anschließend schlug er Ottgar mit der flachen Schwertklinge auf die Schultern. „Hiermit schlage ich dich, Ottgar von Wanroe, Sohn König Wilhars vom Magierreich, Enkel König Hinduars vom Magierreich zum Ritter."

Es war zwar nicht so feierlich, wie sich ein junger Knappe den Ritterschlag vorstellte, doch die Zeiten waren nicht zu großen Feiern geeignet; ausschlaggebend war, dass Ottgar jetzt Ritter wurde.

„Aber ich habe es mir doch gar nicht verdient", murmelte der junge Prinz überrascht.

„Doch", meinte Loidin. „Ihr drei habt euch tapfer und erfolgreich vom Ostreich hierher durchgeschlagen. Dabei habt ihr gegen die Echsenkrieger gekämpft und sie besiegt."

„Ohne Rowans und Mardoks Hilfe wäre ich gestorben", gestand Ottgar.

„Du hast recht." Loidin winkte Rowan heran und ließ ihn ebenfalls niederknien.

„Ich schlage dich, Rowan von Wanroe, Enkel des großen Bunduars, Urenkel Mawuars wegen deines besonnenen und tapferen Vorgehens in den letzten Monden zum Ritter."

Rowan musste ein Grinsen unterdrücken. Wie gut, dass sein Großvater nicht dabei war. Der hatte seit Rowans Kindheit versucht, seinen Enkel abzuhalten, Krieger zu werden und ihn stattdessen zum Magier ausgebildet. Jetzt war er Ritter, wenn auch kein sehr guter, dabei hatte er seine Ausbildung zum Magier noch nicht abgeschlossen. Aber er fühlte sich mächtig stolz, nun auch zum Ritter geschlagen worden zu sein. Wenn das sein Großvater wüsste …

Zur Feier des Tages schenkte Loidin ihnen seinen besten Wein aus. Während sie aßen und tranken, besprachen sie ihr weiteres Vorgehen.

„Ihr seid Ritter Arlin und Ritter Harlon, ihr stammt aus der entlegenen Bergwelt in der Nähe des Jagdschlosses Steinbockhöh. Da eure Eltern zu arm sind und kein eigenes Rittergut besitzen, sondern nur einen kleinen Waldbauernhof, konntet ihr euch nicht einmal die Ritterausrüstung leisten. Die Trolle haben eure Eltern ermordet und den kleinen Hof angezündet. Arlin und Harlon wollten eigentlich zu Prinz Hrodwal, um ihm ihre Dienste anzubieten, doch der nahm ihren alten gichtigen Lehrherrn Ritter Nodral gefangen und sie änderten ihre Meinung und flohen zu dem entfernten Verwandten Graf Warlon. Dort machten sie sich als Knechte nützlich, solange Warlon nicht in Kriege verwickelt wird."

Ottgar schluckte, so ganz passte ihm das nicht. Rowan grinste ihn an. „Wenn ihr unentdeckt bleiben wollt, müsst ihr es hinnehmen. Auch dabei lässt sich etwas lernen."

„Holzhacken und Heu machen", knurrte Ottgar.

„Warlon ist ein ausgezeichneter Schwert- und Axtkämpfer. Früher war er als Heerführer ein hervorragender Taktiker. Ihr werdet viel von ihm lernen können", tröstete Loidin den Kronprinzen und seinen Freund.

„Und euer Cajanisch und Llyllianisch verbessern", ergänzte Rowan.

„Wenn ich aus dem Ostland stamme, müsste ich fließend Ostianisch können", gab Mardok zu bedenken.

„Im Ostland gibt es eine magianische Minderheit, ihr sprecht besser Magianisch als Ostianisch, da bei euch daheim nur Magianisch gesprochen wurde und ihr in eurem Einsiedlerhof nur wenige Kontakte zu anderen Menschen hattet." Es schien, als hätte Loidin an alles gedacht.

So spannen sie die Geschichte der beiden armen Ritter weiter aus. Schließlich versprach Loidin, seinen Sohn und seine Tochter mit einem vertrauenswürdigen Knappen als Begleitschutz mit den beiden zu seinem Vetter reiten zu lassen.

Rowan bat ihn um armselige Kleidung. Er wollte ebenfalls unter einem anderen Namen als schlichter Handlanger an die Küste reisen.

12.

Schon am nächsten Morgen trennten sie sich. Loidin stellte Mardok und Ottgar kleine, struppige Ponys als Reittiere zur Verfügung. Ihre kostbare Kleidung hatte in den letzten Wochen gelitten, sodass sie gut für arme Ritter gehalten werden konnten. Die wertvollen Waffen hatten sie angeblich in einem Kampf erobert, so waren sie der Meinung, an alles gedacht zu haben.

Rowan trug sowieso nur einen einfachen Umhang über seiner Hose und dem Unterkleid. Loidin schenkte ihm einen Maulesel, den er ohne Sattel ritt. Seine Sachen hängte er in einem Leinensack über den Tierrücken.

Schweren Herzens ließ er Peruans Zauberpferd Scharus unter Loidins Obhut zurück. Der kluge Wallach war zu auffällig und würde ihn sofort verraten. Schon am frühen Morgen war er im Stall gewesen und hatte sich von dem Tier verabschiedet. Scharus hatte sich durch die gute Pflege inzwischen von dem anstrengenden weiten Ritt erholt.

„Pass auf dich auf, mein Alter. Vielen Dank für deine Dienste", flüsterte ihm Rowan ins Ohr und summte das alte Pferdelied.

Schwermütig umarmten sich Rowan und seine beiden Freunde, bevor sie sich trennten. Auch von Loidin und seiner Familie verabschiedete sich Rowan herzlich. Er spürte, dass die Felsenburg nicht sicher war. „Schickt eure Kinder in entlegene Gebiete", schlug er Loidin vor.

„Ich brauche zuverlässige Leute um mich herum", entgegnete Loidin ablehnend.

„Ihr werdet die Burg nicht ewig verteidigen können. Eure Felsenburg liegt zu dicht am Magierreich und an Burg Ranhoe", drängte er bedrückt.

Loidin nickte. „Ich weiß, aber wie dir bekannt ist, lässt sie sich auch mit wenigen Kriegern gut verteidigen. Wir nehmen unser von der Göttin vorgesehenes Schicksal an."

„Das Magierreich wird eure Hilfe benötigen. Auch nach den Kämpfen", sagte Rowan mit heiserer Stimme.

Loidin sah Rowan prüfend an. „Vielleicht schicke ich die beiden jüngsten zu meinem Schwager … oder ins Kloster an der Nordgrenze."

„Macht es", meinte Rowan eindringlich. Dann umarmte er auch Loidin, der sich als wahrer Freund

143

erwiesen hatte, verbeugte sich vor der Burgherrin und den Töchtern und reichte den Söhnen die Hand.

Rowan ritt als Erster los. Obwohl er die Blicke der anderen im Rücken spürte, drehte er sich nicht um. Tränen brannten in seinen Augen. Es war schlimmer als damals, als er Wanroe mit den ihm vertrauten Menschen verlassen hatte, und auch danach, als er sich von seinem Großvater hatte trennen müssen. Aber da war er jünger und sich seiner Vorahnungen noch nicht so sicher gewesen.

Mit dem Maulesel kam Rowan in den folgenden Tagen nicht so schnell voran. Häufig stieg er ab und führte das Tier. Da die Nächte kälter wurden, bat er bei Bauern, Kätner und Köhlern um ein Nachtquartier. Rowan nannte sich nun Zulan, der eine traurige Geschichte zu erzählen hatte: Sein Vater war ein armer Kätner, der seine vielen Kinder nicht ernähren konnte, daher hatten sie sich schon früh bei anderen Bauern als Knechte verdingt.

„Mein letzter Herr war jähzornig gewesen und hatte oft zur Peitsche gegriffen, deshalb bin ich weggelaufen", erzählte er einem dieser Bauern, um Mitleid zu erregen.

Trotzdem sah der Bauer ihn misstrauisch an.

„Den Maulesel habe ich geschenkt bekommen, weil ich ein Kind vor dem Ertrinken gerettet habe. Der Vater hatte ein großes Gut. Er hätte mir auch Arbeit gegeben, aber ich will etwas von der Welt sehen. Ich habe so viel von der See gehört und würde gern einmal mit einem Schiff fahren. Vielleicht finde ich einen Schiffer, der mich einstellt."

Der Bauer schüttelte seinen Kopf. „Du bist ein Dummkopf. Bei dem reichen Landwirt hättest du eine gute Stelle gehabt. Die Schiffer werden dich schlecht behandeln. Häufig werden junge Burschen betrunken gemacht und dann an Bord geschleppt."

Rowan bekam große Augen und öffnete staunend seinen Mund. „Wirklich?"

„Hast du davon noch nie gehört?"

Rowan schüttelte den Kopf. „Nein, nur einmal ist ein Reisender durchs Dorf geritten und hat abends auf dem Dorfanger von seinen Seereisen erzählt."

Der Bauer lachte. „Ich habe schon einen Knecht, aber such dir lieber an Land Arbeit, statt auf einem Schiff."

Als Bezahlung für Unterkunft und Verpflegung arbeitete Rowan ein paar Tage auf dem steinigen Acker. Er sammelte Steine auf und half beim Pflügen.

Bei der nächsten Unterkunft hütete er die Schweine, die im Wald Eicheln suchten. Nebenbei sammelte er selbst welche in einen Sack, damit der Kätner Winterfutter für die Tiere hatte.

Überall blieb er nur kurz, da er noch vor Wintereinbruch das Sumpfland erreichen wollte.

Es folgte ein Köhler, für den er Bäume fällte. Noch nie im Leben hatte Rowan so harte Arbeit geleistet. Seine Schultern wurden breiter und er wurde kraftvoller.

Der erste Schnee fiel schon, als er endlich die felsige Küste Cajans erreichte. Hier machte er sich auf die Suche nach einem Schiffer, da er das Magierreich vermeiden wollte. Aber er hatte kein Glück, im Winter fuhren die Schiffe nicht mehr und er hätte bis zum Frühjahr warten müssen. Also begab er sich nach ein paar Tagen, in denen er einem Schankwirt geholfen und nebenbei die Lage für sich erkundet hatte, wieder auf die Reise.

An der unwirtlichen Felsenküste Cajans mit den unzähligen Fjorden kam er nur mühsam voran. Aber sein Maulesel erwies sich als zäh und er war Loidin dankbar, dass dieser ihm das Tier überlassen hatte. Der arme alte Scharus hätte diese Reise sicher nicht überlebt. Rowan hoffte, dass der treue Wallach noch ein paar gute Jahre hatte, in denen er ruhig auf der Weide grasen durfte.

Wegen der Erzählungen in einer Schankstube vermied er die erste Küstenstadt im Magierreich, in deren Nähe unheimliche Krieger aufgetaucht seien und es merkwürdige Todesfälle gegeben habe. Er ließ sich von einem Fährmann weiter landeinwärts übersetzen und übernachtete wieder im Freien. Da es empfindlich kalt geworden war, grub er sich nachts in den Boden ein und polsterte sein Lager mit Laub. Zum Glück fiel in der Ebene nur selten Schnee und auch Frost war ungewöhnlich.

Erst in Sesstae, einer großen Hafenstadt am Fluss Matris, traute er sich wieder unter Leute, da er von keinen ungewöhnlichen Vorkommnissen gehört hatte.

Aufmerksam und mit langsamen Schritten lief er durch die Stadt. Den Maulesel hatte er weit vor dem Stadttor im Wald an einen Busch gebunden, wo er sich satt fressen konnte. Er sah sich alles genau an und ließ sich Zeit, die Häuser und Plätze auf sich wirken zu lassen. Den Menschen schaute er in die Gesichter und versuchte, ihre Gedanken zu lesen. Er konnte nicht erkennen, ob sie an ihre Liebste dachten oder überlegten, was sie am nächsten Tag kochen sollten.

Aber er spürte, ob sie ehrlich oder verschlagen waren. Verkleidete Echsenkrieger hätte er auf jeden Fall erkannt. Doch er fühlte sich hier sicher. In dieser Stadt herrschte Hilfsbereitschaft. Die Stärkeren unterstützten die Schwächeren. Die Händler sorgten für die Witwen ihrer Gilde und auch die Handwerksgilden kümmerten sich um ihre Mitglieder.

Vor einer Schmiede blieb er stehen. Der Ort zog ihn magisch an. Das Haus versprach Sicherheit. Als er die Werkstatt betrat, schaute ihn der Schmied offen und ehrlich an.

„Habt Ihr Arbeit für mich? Ich habe zwar keine Ahnung von der Schmiedekunst, da ich ein Knecht bin. Mein Vater besaß eine kleine Kate im Ostreich. Doch als Prinz Hrodwal alle vermeintlichen Gegner erschlagen ließ, bin ich geflohen, um nicht für ihn kämpfen zu müssen, und schlage mich seitdem als Handlanger durch."

Der Schmiedemeister musterte ihn von oben bis unten und meinte schließlich: „Wenn du ehrlich bist, versuche ich es mit dir."

Rowan durfte in der Werkstatt schlafen, die durch das Schmiedefeuer angenehm warm war. Den Maulesel stellte er bei einem Fuhrmann unter. Das Tier leistete die Kosten für sein Futter durch Arbeit ab. Rowan schaute regelmäßig im Stall nach, ob es auch gut behandelt wurde.

„Willst du bei mir in die Lehre gehen?", fragte der Schmied eines Tages. „Ich könnte einen tüchtigen Gehilfen, der einst ein guter Geselle wird, gebrauchen."

Rowan überlegte. „Ich will eigentlich weiterreisen. Meine Großmutter kam von den Inseln. Mein Ziel ist es, die Meinen zu finden."

„Die werden sich freuen, wenn sie einen unbekannten Verwandten durchfüttern sollen."

„Ich kann arbeiten, dass wisst Ihr. Aber mir fehlt die Familie."

Der Schmied nickte. „Ich war als Geselle auf der Wanderschaft. Die erste Zeit war hart, aber ich habe viel gelernt."

„Ihr seid ein guter Schmied", lobte Rowan.

„Der beste im Umkreis von drei Tagesreisen", erklärte der Meister selbstbewusst.

Schon bald ließ er Rowan Lanzenspitzen schmieden. Eine besonders gut gelungene befestigte er an einem kurzen Schaft und schenkte sie Rowan.

„Als Belohnung für deine Arbeit", sagte er nur knapp. Er war überhaupt ein wortkarger Mann.

Ein paar Wochen später zeigte er Rowan, wie man Messerklingen schmiedete.

„Wir werden bald Waffen gebrauchen", erklärte er auf Rowans fragenden Blick. „Die Feinde werden uns nicht verschonen. Im Gegenteil, wir liegen hier am Einfallstor ins Magierreich." Er zeigte in die Richtung, in der das Meer lag.

Nach ein paar Tagen beherrschte Rowan die Kunst, gute Klingen herzustellen, und arbeitete an besonders langen Messern.

„Mit denen kann man sogar Schwerter abwehren, so fest sind die Klingen. Die Reichweite ist viel geringer, dafür sind sie handlicher und lassen sich besser tragen und verstecken", klärte der Schmied ihn auf.

Die beste Klinge befestigte er an einem geschnitzten Holzschaft und schenkte sie Rowan. „Bei deinen Wanderungen kannst du sicher ein gutes Messer gebrauchen."

Abends, nach getaner Arbeit, suchte Rowan regelmäßig die Gaststuben auf und hörte den fahrenden Händlern und Handwerkern zu. So erfuhr er, dass ein Dorf in der Nähe von unheimlichen Wesen überfallen worden war. Dabei hatte er gehofft, dass die Echsenkrieger und Drachen im Winter Ruhe geben würden, da sie die Kälte nicht vertrugen.

13.

Gleich am folgenden Morgen, als die Stadttore geöffnet wurden, holte er seinen Maulesel, packte seine Sachen auf dessen Rücken und brach ohne Abschied auf. An der nächsten Häuserecke erwartete ihn der Schmied. Rowan verbarg seine Überraschung. Woher wusste sein Meister, dass er flüchtete? Gemeinsam verließen sie die Stadt. Hinter dem Tor, außerhalb Hörweite der Wächter, reichte sein Lehrherr ihm einen vollen Sack. „Suche auf dem kürzesten Weg den Wald auf. Zwischen dem Sumpfeschengebüsch gibt es einen zugewachsenen Pfad, der in der Nähe der Küste zum Sumpfland führt. Bleibe auf ihm, notfalls kannst du ins Meer flüchten. Das Marschland ist für Uneingeweihte undurchdringlich, auch für Feinde, daher fahren wir Sesstaer immer mit dem Schiff zum Sumpfland." Mit einem nachdenklichen Blick auf Rowan fügte er hinzu: „Du kannst aber nicht so lange warten, bis die Schiffe im Frühling wieder verkehren, sondern musst dir einen anderen Weg suchen."

Rowan dankte ihm. Er schaute in die dunklen Augen des Schmieds und entdeckte etwas Bekanntes. Sofort fielen ihm die Waffen ein, die dieser ihm geschenkt hatte, und er hatte eine Eingebung. „Ihr seid ein Magier", murmelte er. Der Schmied lächelte, bestätigte aber seine Vermutung nicht. Mit einem festen Händedruck verabschiedete sich Rowan und empfahl ihm Göttin Jaguars Schutz.

Anschließend marschierte Rowan mit seinem Maulesel zu den nahe gelegenen Wäldern. Er spürte die drohende Gefahr. Sie bereitete ihm körperliche Schmerzen, zudem sorgte er sich immer stärker um seine Freunde. Je länger er unterwegs war und je mehr neue Gefährten er fand, umso mehr belastete ihn das Schicksal dieser Menschen. Am Abend entzündete er daher ein Elfenfeuer und rief Sirii, um wenigstens von Ottgar und Mardok zu erfahren.

„Was willst du?", fragte Sirii.

„Weißt du, wo sich die Echsenkrieger aufhalten?"

„In der Nähe von Sesstae. Aber die eisige Kälte fesselt sie an die eroberten Orte."

„Ich hätte Sesstae nicht verlassen sollen", murmelte Rowan reumütig.

„Du hast genau das getan, was Bunduar von dir erwartet. Du kannst die Echsen nicht allein besiegen." Sirii hatte wieder einmal seine Gedanken erraten.

„Weißt du, ob Mardok und Ottgar gut beim Grafen angekommen sind?"

„Ja, und Loidin hat seinen jüngsten Sohn ins Kloster an der Nordgrenze geschickt. Die jüngste Tochter ist bei einem Vetter seiner Frau in einer kleinen verfallenen Burg untergekommen."

„Hoffentlich sind sie dort in Sicherheit", überlegte Rowan.

„Mehr konnten du und auch Loidin nicht tun. Die älteren Kinder benötigt er für die Verteidigung der Felsenburg."

Rowan nickte. „Ich weiß, nur wir drei sollen uns in Sicherheit bringen", sagte er bitter.

„Ihr seid für die Zukunft des Magierreichs auch viel wichtiger als ein Schmied oder die Bewohner der Felsenburg."

Rowan schluckte, dann nickte er. Die nächsten zwei Tage begleitete Sirii ihn und Rowans Stimmung stieg dank der Gesellschaft. Doch nach der dritten Nacht verabschiedete sich Sirii morgens und Rowan machte sich allein auf den Weg.

Er befand sich schon nahe der Grenze zum Sumpfland. Die Gegend wurde flacher, die Wälder lichter und der Boden sumpfiger, was Rowan an dem Pflanzenwuchs erkannte. Der Boden war gefroren, sodass er gut vorankam. Allerdings beruhigte ihn das nicht, denn die Echsen konnten genauso gut vorankommen wie er.

Gegen Abend entdeckte er zwei Drachen am Himmel. Besorgt hielt er nach Deckung Ausschau, doch der spärliche Pflanzenwuchs war nicht geeignet, sich zu verstecken. Er beeilte sich, tiefer in den Sumpf zu gelangen in der Hoffnung, dass nicht der gesamte Boden gefroren war. Er entdeckte einen Knüppeldamm, der durch das Sumpfgebiet hindurchführte und zerrte den widerspenstigen Maulesel hinter sich her. Allein wäre er schneller vorangekommen, doch er wollte das Tier nicht aufgeben.

Die Drachen kamen näher, sie hatten ihn mit ihren scharfen Augen längst entdeckt. Zielsicher flogen sie auf ihn zu. Als armer Knecht und ohne Waffen war er auf die Wanderung gegangen. Warum hatte er Sirii nicht um Pfeil und Bogen gebeten? Der Elf hätte sie sicher für ihn auftreiben können. Mit der Lanze und dem Messer konnte er auf die Entfernung nichts gegen die Drachen ausrichten.

Er wunderte sich, dass die Drachen ihn sogar im Sumpf verfolgten, sonst mieden sie Gebiete mit unsicherem Boden. Als sie näher kamen, richtete er sich auf, holte tief Luft und stimmte die alten Drachenlieder an, die ihm und seinen Freunden vor Jahren in Llyllia das Leben gerettet hatten. Doch die Drachen ließen sich davon nicht ablenken. Selbst von dem Lied, das von Freundschaft handelte, nicht.

Rowan fasste die kurze Lanze, die er mit sich führte, fester, als einer der Drachen feuerspeiend auf ihn herabstieß. Vor Schreck sprang der Maulesel hoch, Rowan wurde am Führseil mitgerissen und stürzte zu Boden, bevor er den Strick losließ und das Tier weggaloppierte, hinein in den Sumpf.

Durch den Fall geriet Rowan vom Weg ab. Der Boden war nicht durchgefroren, sondern gab unter dem Aufprall nach und Rowan durchschlug das Eis und sank mit Knie und Schulter in den Boden. Vorsichtig rollte er sich auf den Damm zurück, um nicht tiefer zu versinken. Die Lanze hielt er noch immer fest umklammert, während der Drache erneut herabstieß. Anscheinend musste er Kraft sparen, denn er spie erst im letzten Augenblick Feuer. Da hatte Rowan längst eine Spalte in seinem Panzer am Hals entdeckt, sprang auf und schleuderte die Lanze voller Kraft hinein. Er traf sein Ziel genau.

Mit einem durchdringenden Klageschrei sackte der Drachen hinab, doch bevor er sich wieder aufschwingen konnte, fiel er auf den Boden, der gleich unter seinem Gewicht nachgab. Verzweifelt kämpfte das Ungeheuer, wieder in die Luft zu steigen, allerdings gelang es ihm nicht, sich abzustoßen. Immer tiefer geriet es in den Sumpf. Schließlich schauten nur der wild trommelnde Schwanz und die Schnauze heraus.

Rowan konnte nicht fliehen, da der um sich schlagende Schwanz ihm den Weg in den Sumpf hinein versperrte und in die entgegengesetzte Richtung wollte er nicht laufen, um nicht ungeschützt dem zweiten Drachen ausgeliefert zu sein. Er zog das große Messer, das ihm der Schmied geschenkt hatte, und hielt es wurfbereit in der Hand.

Doch der zweite Drache stieß zwar herab, wahrte aber größeren Abstand, auch spie er kein Feuer. Rowan vermutete, dass er seinen Kameraden nicht verbrennen wollte.

Sobald die Schnauze des erlegten Drachen versunken war und die Schwanzspitze nicht mehr zuckte, näherte sich Rowan dem Untier und suchte im Schlamm nach dessen Hals. Er hatte Glück und fühlte seine Lanze. Mühsam stemmte er seine Füße gegen den toten Drachen und zog so fest er konnte. Er spannte die Muskeln an, bis die Waffe endlich nachgab und er ins Moor fiel, die Lanze eisern festhaltend. Schnell richtete sich Rowan auf und rannte gebückt weiter. In einiger Entfernung fand er seinen Maulesel, der fast bis zum Bauch im Sumpf versunken war. Rowan fluchte, als er ihn entdeckte.

„Du dummes Tier, konntest du nicht stehen bleiben?" Suchend schaute er sich um. Der zweite Drache war nirgends zu sehen. Er war verschwunden.

Es wurde rasch dunkel. Rowan musste sich beeilen. Er legte sich lang hin, robbte zu dem Tier und zog seinen Beutel von dessen Rücken und warf ihn auf den Damm. Danach nahm er das Zaumzeug und zerrte daran. Da das Tier nicht sehr schwer war und es mitarbeitete, gelang es Rowan, es in Richtung Damm zu schleppen.

Der Mond stand längst hoch am Himmel, als Rowan sich erschöpft auf den Damm fallenließ. Auch das Tier sackte zusammen und streckte alle viere von sich. Rowan hielt die Zügel fest in der Hand, lehnte sich an den Maulesel und deckte sich mit seiner Decke zu. Erschöpft schlief er ein.

14.

Ein Eulenschrei weckte ihn. Am Stand des Mondes erkannte er, dass es bald dämmern würde.

„Wir müssen weiter." Er nahm seinen Beutel über die Schulter und zerrte den Maulesel hoch. Müde trotteten sie über den Weg, den Rowan mehr ertastete, als im Mondlicht erkennen konnte.

Es roch nach Seeluft. Sie näherten sich der Küste. Als sie den Sumpf hinter sich gelassen hatten, gerieten sie in eine Dünenlandschaft. Rowan kämpfte sich die höchste Düne hinauf. Den Maulesel hatte er am Fuße stehen gelassen. Dankbar fraß er das harte Dünengras.

Rowan musterte den Himmel. Noch konnte er keine Drachen erkennen. Er hoffte, dass sie nicht in großen Scharen über ihn herfallen würden. Sicher konnten sie viel besser sehen als er und entdeckten ihn schon von weitem.

Vor der Küste lagen mehrere Inseln. Die Flussmündung des Naprams konnte also nicht mehr sehr weit entfernt sein. Die Flussauen waren zu Fuß selbst für Einwohner der Deltas undurchdringlich, deshalb musste er ein Boot finden, um flussaufwärts zur Hauptstadt zu fahren.

Erst einmal stapfte er mit dem Maulesel durch den Sand bis zum Strand. Mehrmals kam er vom Weg ab, als er die hohen Dünen vermeiden wollte. Schließlich erreichte er das Wasser.

Eine Weile beobachtete er, wie sich die Wellen kurz vor dem Ufer brachen. Erst als sein Tier ungeduldig den Kopf schüttelte, riss er sich zusammen und marschierte weiter Richtung Süden. Plötzlich sah er in einiger Entfernung vor sich ein Boot anlegen. Männer sprangen heraus und zogen das Boot an den Strand.

Im ersten Augenblick freute er sich, möglicherweise eine Gelegenheit gefunden zu haben, um seine Reise auf dem Meer fortzusetzen. Doch dann bekam er ein mulmiges Gefühl. Es war zu spät, hinter den Dünen Deckung zu suchen. Die Insassen stürmten auf ihn zu. Dabei behinderte der weiche Sand ihr Vorankommen und die Gruppe wurde auseinandergezogen.

Rowan stellte sich hinter einen stachligen Busch, auch wenn er nicht viel Deckung bot. Er zog mit der Rechten sein langes Messer und nahm die Lanze in die linke Hand. Inzwischen waren die sechs Männer so dicht herangekommen, dass er erkennen konnte, dass es Echsenkrieger waren. Hier im Sumpfland hatte er sie nicht erwartet.

Er schlug dem Maulesel mit der flachen Seite seines Messers auf die Hinterhand. „Lauf, bring dich in Sicherheit", rief er. Brav setzte sich das Tier sogleich in Bewegung, es schien die Gefahr zu spüren. Sobald der erste Kämpfer in Wurfweite war, zielte Rowan sorgfältig und warf die Lanze. Er traf genau in der Panzerplattenfuge am Hals. Wortlos sackte der Angreifer zusammen. Rowan zog sein kleines Messer und wartete ab.

Zwei Echsen warfen ihre Speere nach ihm, doch er konnte ihnen durch einen Schritt zur Seite ausweichen.

Dann drangen die vordersten Krieger auf ihn ein. Rowan kämpfte wie ein Berglöwe. Er schärfte alle Sinne, dabei horchte er in sich hinein, um die Absichten seiner Gegner zu erahnen, bevor sie ausgeführt wurden. Er wehrte Schwertangriffe mit dem Langmesser ab, wich mit schnellen Schritten aus, drehte sich und veränderte dadurch seine Angriffsfläche. Zudem suchte er ständig nach Schwachstellen bei den Gegnern.

Im letzten Augenblick konnte er einen Angriff abwehren, indem er sein kleines Messer zielgenau zwischen zwei Brustplatten warf, woraufhin der Angreifer wie ein gefällter Baum hinschlug. Schreiend wälzte er sich auf dem Boden. Da die Gegner kurz zu dem Verletzten blickten, gelang es Rowan, dem Toten das Schwert abzunehmen. Nun konnte er sich wieder mit beiden Händen verteidigen.

„Hilf, Sirii, ich brauche dich!", rief er laut.

Inzwischen hatten sich auch die Nachzügler genähert. Als drei Krieger gleichzeitig auf ihn eindrangen, konnte Rowan nicht mehr ausweichen. Eine Lanze traf seinen Oberschenkel. Brennender Schmerz durchzuckte ihn. Er schnappte nach Luft. Im letzten Augenblick riss er das Schwert hoch und wehrte einen Stoß ab.

Hinter sich hörte er Hufschläge. Erst dachte er, weitere Echsen kämen zu Pferd. Doch der Maulesel kehrte zurück. Er schien Rowans Hilferufe nach Sirii verstanden zu haben.

Als die Angreifer wieder auf ihn eindrangen, schrie das Tier auf und ging dazwischen. Mit der Hinterhand verteilte es harte Hufschläge. Mit einem zertrümmerte es dem vordersten Krieger den Schädel. Rowan richtete seine Aufmerksamkeit auf den nachfolgenden Gegner und schlug mit seiner ganzen Kraft auf ihn ein. Seine Sicht war getrübt, trotzdem gelang ihm ein Treffer auf die ungeschützte Armbeuge. Obwohl es nur eine kleine Wunde war, sank der Kämpfer zu Boden und krümmte sich vor Schmerzen.

„Haltet durch, Hilfe kommt", rief plötzlich eine tiefe Männerstimme.

Der letzte noch unverletzte Echsenkrieger wurde dadurch abgelenkt und drehte sich zu dem Neuankömmling um. Rowan warf das Langmesser auf die Panzerlücke hinter dem Ohr. Obwohl das Messer in seinem Kopf steckte, drehte sich die Echse um und griff Rowan erneut an. Auch der am Arm verletzte Krieger richtete sich wieder auf und stürmte mit erhobenem Schwert auf den Hinzugekommenen. Rowan konnte nicht sehen, wer ihm offensichtlich zu Hilfe kam. Ein Schlag gegen die Schulter ließ ihn zusammensacken. Dann wurde es schwarz vor seinen Augen und er verlor die Besinnung.

Vogelgesang weckte ihn. Mühsam öffnete er die Augen. Der stockfinstere Raum drehte sich vor ihm. Schnell schloss er die Lider und versank wieder in der Dunkelheit. Als er erneut aufwachte, war es heller Tag. Die Sonne schien durch eine schmale Öffnung, trotzdem erhellte sie die Kammer nur spärlich. Rowan ließ die Augen langsam wandern. Neben dem Fenster war eine Tür. Er lag auf einem Strohsack. In der Mitte des Raums befand sich eine Feuerstelle. Dahinter stand ein Tisch mit drei Schemeln. Vor der Tür hörte er schwere Fußtritte, die näher kamen, schließlich ging die Tür auf und ein kräftiger grauhaariger Mann trat ein.

„Ihr seid wieder bei Besinnung. Ich hatte schon Sorge, dass Ihr es nicht schafft", sagte der Mann auf Magianisch.

Rowan hob seine Hand und fühlte nach seiner linken Schulter. Sie war verbunden. Dann erinnerte er sich an die Wunde am Oberschenkel, auch dort ertastete er einen Verband.

„Die Waffen dieser Echsen sind vergiftet. Aber der Tangumschlag hat das Gift herausgezogen. Ein altes Heilmittel bei uns Fischern."

Rowan lächelte schwach. Er versuchte sich aufrichten, doch der Mann legte ihm eine Hand auf die gesunde Schulter. „Bleibt liegen, Ihr braucht weiterhin Ruhe."

„Besteht nicht die Gefahr, dass die Echsen wiederkehren?", fragte Rowan mit dünner Stimme.

Der Fischer lachte. „Die sollen uns erst einmal finden. Meine Hütte liegt versteckt, Fremde finden mich nicht."

„Mein Maulesel?", krächzte Rowan. Er fühlte sich für das Tier verantwortlich. „Ist ihm etwas passiert?"

„Der ist wohlauf und ich habe ihn zu Bekannten in Sicherheit gebracht."

„Wenn die Echsenkrieger ihn entdecken, werden sie die Helfer foltern, um zu erfahren, wo ich bin."

„Ich habe das Tier mit meinem Boot zu den Bekannten gebracht. Die kennen mich nur als Fischverkäufer Bann. Sie wissen nicht, wo ich wohne."

Rowan war nicht wohl zumute bei dem Gedanken, dass die Fremden vielleicht in Gefahr waren.

Als ob der Fischer seine Gedanken erraten hätte, meinte er: „Sorgt Euch nicht. Die Echsen werden das Tier schon nicht finden. Selbst wenn, Maulesel sehen sich alle ähnlich und können nicht sprechen."

Rowan lag noch mehrere Tage krank auf seinem Lager, seine Schulter und sein Bein schmerzten. Die Wunden hatten sich ein wenig entzündet. Doch der Tang hatte die Entzündung größtenteils herausgezogen. Zudem gab ihm der Fischer einen fiebersenkenden und schmerzlindernden Aufguss zu trinken.

„Nur die Narben werden Euch an Euer Abenteuer erinnern", meinte der Fischer nach zehn Tagen.

„Fahren noch Schiffe? Schaffe ich es, vor dem Frost zur Hauptstadt Hilschand zu gelangen?"

„Bei uns ist es wärmer. Frost haben wir sehr selten, sodass die Sümpfe und das Marschland nicht zufrieren. Daher schützten sie uns auch ganzjährig vor feindlichen Überfällen", erklärte der Fischer Bann. Er saß in der offenen Tür und flickte sein Netz.

„Trotzdem waren die Echsenkrieger hier im Sumpfland."

„Ihr wart leider noch nicht weit genug gekommen. Sie haben Euch verfolgen lassen und sind dann hergesegelt." Der Mann sah von seiner Arbeit auf.

„Aber woher wussten sie …?", murmelte Rowan. „Ach, der geflohene Drache", fiel ihm ein. Der eine hatte sich retten können und die Ereignisse sicher den Echsenkriegern gemeldet.

„Schon zweimal wurden diese Fremden an der Küste gesichtet. Um uns zu warnen, hat der König Ausrufer durchs Land geschickt, damit niemand durch das Dünenland geht, das ist momentan nicht sicher."

„Und die Dämme in den Mooren?" Rowan misstraute inzwischen der Sicherheit des Sumpflandes.

„Wer sie nicht kennt, versinkt. Viele sind schwer zu erkennen. Aber im Notfall lassen sie sich gut verteidigen." Mit ruhiger Hand knüpfte der Mann sein Netz weiter.

„Von wem?" Rowan glaubte ihm nicht. Er hatte bei seiner Wanderung durch den Sumpf niemanden bemerkt.

„Wenige Wächter reichen, die Dämme zu bewachen."

„Von denen habe ich nichts gesehen." Selbst wenn sie gut versteckt gewesen wären, hätte er sie doch spüren müssen.

„Sie brauchten nicht in Erscheinung zu treten, Ihr habt die Drachen verjagt und sie wollten ihre Anwesenheit nicht verraten." Der Fischer hob das Netz hoch und prüfte es gründlich. Schließlich war er damit zufrieden und legte es zur Seite.

„Also haben die Dammwächter mich die ganze Zeit beobachtet, statt mir zu helfen", meinte Rowan verärgert. Sogleich spürte er seine Wunden deutlich. Er atmete langsam und tief ein und aus, um die Schmerzen zu unterdrücken.

„Brauchtet Ihr Hilfe?" Bann musterte ihn.

Rowan hob die Achseln und zuckte gleich vor Schmerzen zusammen. „Es hätte den Kampf erleichtert."

Der Fischer lachte. „Ihr kommt gut allein zurecht."

„Wenn Ihr mich nicht gerettet hättet, wäre ich gestorben."

„Aber nur, weil die Waffen vergiftet waren. Sonst hättet Ihr die gesamte Gruppe besiegt." Bann nahm sich einen großen Weidenkorb und ein paar Zweige. Während er damit eine zerfranste Stelle ausbesserte, meinte er: „Ihr seid ein hervorragender Kämpfer. Nur wenige Männer nehmen es allein mit einem Echsenkrieger auf. Schließlich sind sie viel größer und stärker als wir Menschen. Und Ihr habt mit sechs auf einmal gekämpft und sie ausgeschaltet." Etwas in seiner Stimme ließ Rowan aufhorchen. Wusste Bann, dass er ein Magier war und daher eine Chance gegen die viel stärkeren Echsen gehabt hatte?

„Woher sprecht Ihr meine Sprache so gut?", fragte Rowan neugierig.

„Ich verkaufe meine Fische auch in die Sesstae und den Nachbarorten, daher spreche ich etwas Magianisch", erklärte der Fischer.

Erschöpft schlief Rowan nach diesem Gespräch ein.

Ein paar Tage später half er seinem Retter beim Netzeflicken. Inzwischen wusste er auch, dass Bann Witwer war, allein lebte und in großen Abständen seine Fische in der Hauptstadt verkaufte.

Damit Rowan Sumpfländisch lernte, sprachen sie es inzwischen fast nur noch. „Du bist geschickt. Wenn du willst, kannst du bei mir bleiben und mir zur Hand gehen", bot Bann ihm nach einiger Zeit an.

„Danke für Euer Angebot, das ehrt mich, aber ich werde erwartet", erwiderte Rowan.

Der Fischer schaute ihn forschend an, fragte aber nicht weiter.

Ein paar Tage nach dem Gespräch fuhr Rowan mit Bann aufs Meer hinaus und half ihm, die Netze auszuwerfen und später wieder einzubringen. Sie hatte einen erfolgreichen Fischfang.

Rowan spürte die Schmerzen der Tiere, und er litt mit ihnen. Nur aus Dankbarkeit seinem Lebensretter gegenüber überwand er seinen Widerwillen und half ihm bei der Arbeit. Das war er ihm schuldig. Wie auch hätte er ihm seine Wahrnehmungen erklären sollen? Wo doch nur wenige Magier so wie er empfanden. Wieder zurück, legten sie die toten Fische in Fässern mit Salzlake ein.

Als ob Bann seinen Widerwillen spürte, erklärte er: „Wir müssen fischen, schließlich leben wir an der Küste von essbarem Tang, Sanddorn und Fischen. Nur an wenigen Stellen lassen sich zudem Schafe und Ziegen halten."

Wieder irritierte er Rowan, indem er seine Gefühle wahrnahm, oder konnte er sogar Gedanken lesen? Der Verdacht ließ Rowan nicht mehr los. Wieso hatte Bann seine vergifteten Wunden so gut behandeln können? Warum war er gerade im richtigen Augenblick aufgetaucht und hatte ihn gerettet? Außerdem schien er schon vor Rowans Erzählung von den Drachen gewusst haben. Besaß Bann magische Fähigkeiten?

Zur Sonnenwende konnte Rowan sein Bein belasten und auch seine Schulter wieder bewegen.

„Morgen segeln wir nach Hilschand. Der Wind steht gut", versprach Bann, als sie abends in der Hütte am Feuer saßen. Der Fischer webte an einem Umhang und Rowan nähte sich neue Hosen, da seine alten zerrissen waren. Bann hatte ihm dafür selbstgewebten Stoff geschenkt.

Erst als die Hose fertig war, legte sich Rowan zum Schlafen. Nach wenigen Stunden weckte Bann ihn. „Wir müssen los, die Flut ausnutzen."

Rowan zog sich an und warf seine bescheidenen Habseligkeiten in einen Sack. Dann zog er seine Stiefel an und hüllte sich in den Umhang.

Bann stand schon an seinem Boot und machte es startklar.

„Lös die Taue", befahl er. Rowan band die Halteseile los, stieß das Boot ab und sprang hinein. Sie stakten durch das Schilf. Erst als sie die offene See erreichten, setzten sie die Segel. Rowan hatte inzwischen genug vom Segeln gelernt, dass er Bann zur Hand gehen konnte. Am Mittag kamen sie an die Flussmündung – gerade zur rechten Zeit. Die Flut drückte sie den Fluss hinauf. Doch noch ehe sie die Hauptstadt des Sumpflandes erreichten, kippte die Strömung. Die Ebbe zog sie zum Meer hin. Jetzt mussten sie rudern. Erst nach Einbruch der Dunkelheit sahen sie die Lichter der Stadt. Sie legten im Hafen an und suchten einen Gasthof auf.

Am nächsten Tag half Rowan dem Fischer, seine Fischfässer zum Markt zu rollen. Dann bedankte er sich noch einmal herzlich und verabschiedete sich.

„Wir sehen uns bestimmt wieder. Ich bringe ja häufiger meine Fische zum Markt", meinte Bann und lächelte breit. Dann erklärte er Rowan den Weg zu Magier Zwandir.

„Ihr kennt Zwandir?", fragte Rowan verwundert.

„Jeder Sumpfländer kennt Zwandir, er ist unser berühmtester Magier", sagte Bann bestimmt.

Wieder einmal beschlich Rowan das Gefühl, dass Bann mehr wusste, als er preisgab.

Trotz der Beschreibung musste Rowan unterwegs andere Leute nach dem Weg fragen, denn dieser Ort war verwinkelt und viel größer, als alle Städte, die er bisher gesehen hatte.

Endlich stand er vor einer kleinen Hütte, die sich in der Nähe der Königsburg befand. Er klopfte an und trat ein, als er eine Stimme hörte. Er hatte zwar in den letzten Monaten bei Bann etwas Sumpfländisch gelernt, trotzdem verstand er den alten Mann, der sich im Raum befand, nicht, zumal er einen anderen Dialekt sprach als Bann. Rowan wusste sofort, dass er Zwandir vor sich hatte.

Hochaufgerichtet stand Rowan vor dem berühmten Magiermeister Zwandir, der ihm nur bis zur Schulter reichte, und trotzdem fühlte Rowan sich klein. Der Greis hatte ein faltendurchfurchtes Gesicht, selbst seine Hände waren faltig und knotig. Schulterlange schneeweiße Haare umrahmten das bartlose Antlitz. Er musste uralt sein, schließlich hatte schon Bunduar bei ihm gelernt.

Zwandir musterte ihn von oben bis unten. „Bunduars Enkel. Ich warte schon lange auf dich, Rowan. Bunduar wünscht, dass ich dich ausbilde. Er meint, du würdest ein noch größerer Magier werden, als er es ist."

Rowan schüttelte den Kopf. „Alle sagen, dass ich ein großer Magier werde. Ich bin ganz gut, aber wirklich herausragend …? Eigentlich wollte ich immer viel lieber Ritter werden."

Der alte Magier lachte. „Ich weiß, Bunduar hat es mir erzählt. Trotzdem bist du jetzt hier." Er bot Rowan einen Platz auf seiner Bank, die vor einem kleinen Fenster stand, an. „Du ähnelst deinem Großvater. Und ein guter Ritter bist du auch. Bann berichtete von deinem Kampf gegen die Echsenkrieger und die Dammwächter haben deinen Kampf gegen die Drachen beschrieben."

Rowan stutzte, dann schüttelte er seinen Kopf. „Ich bin fast umgekommen, und die Leute aus dem Sumpfland schauen zu und berichten darüber?"

„Du bist allein zurechtgekommen", meinte der alte Mann mit einem leichten Lächeln.

„Woher wisst Ihr überhaupt von meinen Abenteuern? Wie erhieltet Ihr Banns Nachricht? Er war doch immer bei mir", fragte Rowan misstrauisch.

„Die Antwort solltest du kennen", antwortete der Meister zurückhaltend.

Nachdenklich schaute Rowan ihm zu, wie er aufstand, Brot und Käse holte und Rowan etwas davon reichte.

„Die Magier im Sumpfland sollen die Gedankenübertragung besonders gut beherrschen. Ist

Bann ein Magier?", äußerte Rowan den Verdacht, den er schon seit Tagen hatte.

Zwandir lächelte nur, antwortete aber nicht.

Bei der Mahlzeit berichtete Rowan von seinen Reisen und Abenteuern, seit er vor Jahren mit Bunduar Wanroe verlassen hatte.

„Hast du den Brief deines Großvaters?"

Rowan zog den Umschlag aus seinem Umhang und reichte ihn hinüber. „Woher kannten die Echsenkrieger meinen Weg? Und warum sind sie hinter mir her?"

„Du bist der künftige Obermagier. Mit dir wird ihnen ein starker Gegner erwachsen."

„Aber Bunduar ist ein viel größerer Gegner!"

Zwandir lachte leise. „Sie haben Zeit, selbst wenn Bunduar ihnen gewachsen ist, wird er eines Tages sterben, doch dann stehst du ihnen im Weg. Momentan bist du noch nicht so stark, als dass du unüberwindlich bist."

„Sie versuchen also, die Schwächsten zuerst zu töten?"

„Ja, sie würden damit auch Bunduar und sicher auch Wilhar schwächen, wenn sie um dich trauern."

„Fast hätten die Echsen ihr Ziel erreicht. Banns Eingreifen verhinderte es im letzten Augenblick. Woher kannten sie meinen Weg?" Ein Schauer lief über Rowans Rücken. War er denn nirgends sicher?

„Sie haben einen Boten deines Großvaters auf dem Weg zu mir aufgegriffen und gefoltert."

Rowan sah ihn erstaunt an.

„Er hat mir einen Elf geschickt, der mir die Ankündigung deiner Ankunft und seine Bitte zu deiner Ausbildung überbrachte." Anschließend erbrach Zwandir das Siegel und las die Botschaft. Schließlich nickte er und faltete den Brief wieder zusammen. „Wir haben viel zu tun, um den Wunsch deines Großvaters zu erfüllen – auf dass du ein wahrer Magiermeister wirst, bereit für die großen Aufgaben, die auf dich warten. Gemeinsam schaffen wir es, eure Feinde zu vernichten."

###

Begriffserklärungen

Äbtissin – Vorsteherin eines Klosters

Dorfanger – Dorfplatz, Grasplatz im Gemeinbesitz

Kätner oder Häusler – Kleinstbauer, der in einer einfachen Hütte wohnte. Er benötigte einen Nebenerwerb, da sein Land nicht ausreichte, um ihn zu ernähren.

Knappen – mit vierzehn Jahren wurden aus den Pagen Knappen, die sich dann um die Waffen und Pferde ihres Ritters zu kümmern hatten. Sie halfen beim Anlegen der Rüstung und kämpften in Schlachten an der Seite ihres Ritters.

Köhler – stellt Holzkohle her, indem er Holz in einem Meiler verkohlt.

Maulesel – Kreuzung aus Pferdehengst und Eselstute

Novizin – Probezeit/Ausbildungszeit einer Nonne

Oberin – Leiterin eines Klosters

Pagen – adlige Kinder, die mit sieben Jahren zur Ritterausbildung an einen Fürstenhof geschickt wurden. Sie bedienten bei Tisch und halfen ihren Herren beim Ankleiden, dabei eigneten sie sich die höfischen Sitten an, zudem lernten sie Reiten, Tanzen, Bogenschießen, Schwimmen, Singen und Kämpfen, manchmal auch Lesen und Schreiben.

Peinliche Befragung – Folter, um ein Geständnis zu erzwingen, Folter als Verhörmethode

Ritterschlag – durch das Berühren der Schulter mit dem Schwert schlug ein Adliger einen Knappen zum Ritter